빙하 죠선 2

차례

얼어붙은 세상에서 ⁕ 7

온혈 ⁕ 26

침입자들 ⁕ 61

하늘을 날다 ⁕ 111

아버지 ⁕ 176

작가의 말 ⁕ 208

얼어붙은 세상에서

월화와 경혜의 배웅을 받으며 금구폭포 밖으로 나온 화길이는 눈과 얼음으로 뒤덮인 세상을 바라봤다.

"불과 반년 만에 세상이 온통 얼어붙었군."

머릿속에 그동안 겪었던 일들이 바람처럼 스쳐 지나갔다.

한양에서 멸화군 대장이었던 아버지와 함께 지내던 시절이 불과 몇 달 전이었지만 지금은 아주 오래전 일 같았다. 한여름에 불을 끄던 중에 쏟아진 눈이 시작이었다. 이후 며칠 동안 내린 눈은 한양을 극심한 추위 속으로 몰아넣었고, 왕실마저 따뜻한 남쪽으로 떠나면서 한양은 아수라장이 되었다.

화길이 아버지는 멸화군 숙소에서 버텼지만 결국 내부의 배신자 때문에 다리를 크게 다쳤고, 화길이에게 오래전 백두산 근처에서 발견했던 따뜻한 땅을 찾아달라 부탁했다. 이에 화길이는 친구인 부광이와 함께 길을 떠났지만 사소한 오해로 인해 헤어진 후 신묘한 무당의 딸인 경혜, 말타기와 활쏘기에 능한 북방의 기생 월화를 만났다. 우여곡절 끝에 이들은 금구폭포 뒤에 숨겨진 따뜻한 땅을 찾아냈다. 그리고 눈사태를 일으켜 그곳을 노리는 성창 대군과 여진족을 몰살시켰다.

복잡하고 가슴 아픈 생각을 털어버리고 화길이는 남쪽으로 움직였다. 눈이 푹푹 밟혔지만 발목까지 올라오는 짚신인 동구니신을 신고 그 위에 설피까지 신고 있어 그나마 움직이기 수월했다.

눈은 예전처럼 펑펑 내리지 않아도 세상을 얼어붙게 만들기에는 부족함이 없었다. 숨 쉴 때마다 마치 칼날이 목구멍 안으로 밀고 들어오는 것 같은 통증은 시간이 지나도 익숙해지지 않았다.

"이제는 길 찾기도 어렵네."

눈이 모든 걸 집어삼켜서 방향과 거리를 가늠할 만한 집이나 바위, 나무 같은 것들이 모두 사라져 버렸다. 산의 구불

구불한 능선들도 눈과 얼음 때문에 그 형태가 모조리 바뀌었다. 하지만 화길이는 어떻게든 한양으로 돌아가서 아버지와 함께 돌아오기로 굳게 결심했다.

눈이 쌓인 산기슭을 따라 천천히 걸어가는데 나무 아래 멧돼지 한 마리가 얼어붙은 채 서 있었다. 걷다가 지쳐서 나무에 기대어 잠깐 쉬다가 그대로 얼어 죽은 모양이었다. 먹을 게 부족했다면 죽은 멧돼지를 끌고 갔겠지만 보따리 안에 먹을 게 잔뜩 있어서 내버려두었다.

잠시 멈췄던 눈이 다시 쏟아졌다. 화길이는 머리에 쓴 남바위를 더 푹 눌러쓰고서 천천히 산기슭을 따라 걸었다. 생각보다 걷는 속도가 나지 않는 바람에 해가 높이 뜰 무렵에야 겨우 산자락을 하나 넘었다. 주변을 돌아보며 화길이가 중얼거렸다.

"잠잘 곳을 서둘러 찾아야겠는데?"

그때, 등 뒤에서 귀에 익은 목소리가 들렸다.

"야! 같이 가!"

고개를 돌리니 월화가 보였다. 월화는 두툼한 솜바지와 조끼인 배자를 입고, 선비들이 입는 중치막까지 껴입고서 활과 화살이 담긴 동개를 어깨에 차고 있었다.

"위험한데 왜 따라왔어요?"

"왜 따라오긴, 네가 걱정돼서 그렇지."

투덜거리긴 했지만 월화는 방긋 웃었다. 그러고는 주변을 돌아봤다.

"네가 떠나고 얼마 지나지 않아 여진족의 뿔피리 소리가 들렸어."

"뿔피리 소리요?"

"응, 여진족이 사냥하면서 목표물을 쫓을 때 내는 소리야. 그런데 이런 세상에 쫓을 목표물이라면 뻔하지 않겠어?"

"사람, 그것도 조선 사람이겠네."

월화가 고개를 끄덕거렸다.

"그게 너인 것 같아서 온 거야. 고맙지? 그리고 이제 너도 나한테 말 편하게 해."

화길이도 고개를 끄덕거리며 남쪽을 바라봤다.

"괜찮으니까 어서 돌아가."

"이왕 온 김에 조금 더 따라갈게."

월화가 고집을 부리며 앞장서 걸었다. 헤어지기 싫은 마음을 읽은 화길이는 모른 척 뒤따라갔다. 불쑥 월화가 물었다.

"네 아버지는 어떤 분이야?"

"좋은 분이지. 의리도 있고, 힘도 장사라서 다들 시대를 잘 타고났으면 장군감이라고 하셨어."

"하긴, 널 보면 대충 어떤 분인지 알 거 같아."

"아버지가 아니었으면 여기까지 올 생각도 못 했고, 폭포 안에 감춰진 따뜻한 땅을 찾지도 못했을 거야. 내가 겁을 내고 두려워할 때 아버지는 끝까지 나를 믿어줬어. 그러니까 이제 내가 아버지를 데리러 가야지."

"좋겠다. 나는 내 아버지가 누군지 몰라."

서글픈 표정을 지어 보이며 월화가 말을 이어갔다.

"돌아가신 어머니 말로는 울산에서 온 무관이라고 하셨어."

"그런데 어떻게 네 어머니를 만난 거야?"

"우리 어머니는 방직기였거든."

"방직기?"

화길이의 물음에 월화가 얼굴을 붉혔다.

"무과에 합격한 무관들을 출신군관이라고 부르는데, 북방에서 일정 기간 복무를 해야 해. 그런데 국법에 따르면 가족을 데려오는 일이 금지되어 있거든."

"그럼 수발을 누가 들라고?"

"해당 지역 관아에 속한 기생들. 같이 살면서 빨래도 하고 음식도 만들어줘. 그러다가 임신하고 아이를 낳기도 하지. 나 같은 아이를 말이야."

"그런데 아버지를 몰라?"

월화가 쓴웃음을 지었다.

"조선은 종모법의 나라잖아. 어머니의 신분이 곧 자식의 신분이라 어머니를 따라 공노비, 그것도 기생이 되어야 했지. 아마 나도 내년쯤에는 누군가의 방직기가 되었을 거야."

"미안, 전혀 몰랐어……."

어쩔 줄 몰라 하는 화길이를 향해 월화가 손을 내저었다.

"괜찮아. 처음에는 나도 답답하고 짜증이 났었어. 그래서 말 타고 무기 다루는 법을 배운 거야. 말을 타고 철편을 휘두르면 답답한 게 가셨거든. 이 모든 걸 내 운명이라 생각하고 받아들이기로 했어."

"아버지는 그 이후에 만난 적 없어?"

고개를 저은 월화가 눈 쌓인 땅을 내려다보며 한숨을 쉬었다.

"다시 울산으로 돌아가신 이후에 몇 번 편지를 보냈다고 하셨어. 내 이름도 아버지가 지어준 것이고. 하지만 만난 적은 없었어."

"반드시 만날 수 있을 거야."

화길이의 말에 월화가 눈을 찡그렸다.

"말도 안 되는 얘기지만 고마워. 어서 가자. 해가 저물기 전에 최대한 빨리 가야 하잖아."

두 사람은 입을 다문 채 계속 눈길을 헤쳐갔다. 다시 야트막한 산을 하나 더 넘는데, 뭔가에 걸려 비틀거리는 화길이를 월화가 손 내밀어 붙잡아 줬다.

"조심해."

"잠깐……. 이상해."

바닥을 내려다본 화길이는 서둘러 손으로 눈을 파냈다. 그 자리에 삐죽 튀어나온 것은 놀랍게도 사람의 손이었다. 두 사람은 잠시 서로의 얼굴을 바라보다가 황급히 눈을 더 파냈다. 한숨을 내쉬며 화길이가 말했다.

"스무 살 정도 될 것 같은 젊은 남자네."

월화는 손에 묻은 눈을 털어내며 대꾸했다.

"옆구리에 화살을 맞고, 목덜미는 칼에 베인 것 같아."

부러진 화살을 뽑아낸 월화가 얼굴을 찡그리며 덧붙였다.

"여진족이 주로 쓰는 돌화살촉이야."

"여진족은 지난번 눈사태 때 몰살당하지 않았어?"

"가장 강력한 세력은 맞지만 그들이 여진족의 전부는 아니니까. 아까 뿔피리 소리는 이 사람을 잡으려고 분 거 같아."

화길이가 걱정스러운 표정을 지었다.

"일행이 더 있는 거 같아. 여진족이 계속해서 그들을 쫓는 중인 것 같고."

"그걸 어떻게 알아?"

"시신이 옷을 입고 있잖아. 급한 상황이 아니었다면 옷을 다 벗겨 갔을 거야."

"하긴, 요즘 같은 세상에서는 먹을 것 다음이 옷이지."

날씨가 추워지고 세상이 얼어붙으면서 천을 엮을 실을 구할 수 없게 되었다. 남은 건 동물의 털가죽인데 너무 뻣뻣하고 무거워서 그것만 입을 수도 없었다. 월화가 시신이 쓰러진 방향을 가늠해 앞쪽을 가리켰다.

"저쪽으로 가려고 했던 거 같아."

"같이 있던 일행이 거기로 갔겠지?"

화길이의 물음에 월화가 고개를 끄덕거렸다.

"쫓는 쪽도 마찬가지고."

둘은 자연스럽게 걷는 속도를 높였다. 쫓기는 쪽이 조선 사람들이고, 쫓는 쪽이 여진족이라는 사실이 두 사람의 마음을 급하게 만들었다. 산을 하나 넘자 눈이 미처 가리지 못한 발자국들이 보였다. 발자국들이 이어진 방향을 쭉 살펴보던 화길이에게 월화가 외쳤다.

"저기야!"

월화가 가리킨 곳은 산자락의 마을, 아니 마을이었던 곳이었다. 눈의 무게를 못 이긴 지붕들이 주저앉거나 무너져 버렸다. 거기에 다시 눈이 쌓이면서 삶의 흔적은 거의 남지 않왔다. 몸을 숙이며 화길이가 월화에게 물었다.

"뭐가 보여?"

"발자국들이 저쪽으로 쭉 이어져 있어. 그리고 바람 소리 때문에 잘 안 들리는데, 주의 깊게 귀를 기울여 보면 고함 소리랑 비명 같은 게 들려와."

잠시 고민에 빠져 있던 화길이가 말했다.

"가보자."

월화도 동개에서 화살을 하나 뽑아 시위에 걸었다. 둘은 다시금 거세진 눈보라를 뚫고 폐허가 된 마을로 향했다.

마을 입구에 시신이 하나 더 있었다. 두건을 쓰고 너울을 망토처럼 걸친 젊은 여성이었는데 입가에 피를 흘리며 반듯하게 누워 있었다. 시신을 본 월화가 말했다.

"피가 아직 흐르는 걸 보면 조금 전에 공격받은 거 같아."

"안쪽으로 들어가 보자."

월화가 화길이에게 몸을 낮추라는 손짓을 보내고는 싸리 담장에 기대어 주변을 살폈다. 화길이도 죽장도를 뽑아 들고서 기울어진 벽에 기댔다.

먼저 뛰어가는 월화의 뒤를 화길이가 따랐다. 마을 가운데에는 다 쓰러져 가는 기와집이 한 채 있었는데, 주변에 털가죽을 뒤집어쓴 여진족들이 보였다. 다른 집과는 달리 흙과 돌로 만든 담장에 둘러싸인 기와집 안에서 조선 사람들이 기왓장을 던지며 저항하는 중이었다. 하지만 여진족들은 이리저리 움직이면서 틈을 노렸다. 화길이가 월화에게 속삭였다.

"여진족은 몇 명이나 되어 보여?"

"가만있어 봐."

슬쩍 주변을 살핀 월화가 대답했다.

"눈에 보이는 건 일곱 명 정도 되는데, 아마 좀 떨어진 곳에 대기 중인 놈들이 더 있을 거야."

"내가 소리를 치면서 유인할 테니까 네가 화살로 처리해."

"괜찮겠어?"

월화의 걱정 어린 물음에 화길이는 웃으며 대답했다.

"물론이지."

몸을 일으킨 화길이는 일부러 크게 움직이면서 소리를 쳤다.

"이놈들아! 여기다!"

갑작스러운 화길이의 등장에 기와집을 둘러싸고 있던 여진족들이 술렁거렸다. 그중 하나가 몸을 일으켜 화길이를 바라보다가 월화가 쏜 화살에 어깨를 맞고 쓰러졌다. 담장을 따라 달리던 화길이의 앞을 또 다른 여진족이 막아섰다. 화길이는 그대로 달려 나가 죽장도를 휘둘러 놈의 턱을 후려쳤다. 여진족은 짧은 비명을 내지르며 눈 위에 쓰러졌다.

담장을 넘어간 화길이는 마당까지 침입한 여진족들을 향해 소리를 쳤다.

"이쪽이다!"

화길이는 잽싸게 담장을 넘어갔다. 창을 든 여진족 하나가 숨어 있던 월화가 쏜 화살에 힘없이 쓰러졌다. 철편을 쥔 여진족이 괴성을 지르며 화길이를 따라 담장을 밟았지만 먼저 기다리고 있던 화길이가 발로 담장을 밀어버렸다. 흔들리던 담장이 넘어지면서 그 위에 섰던 여진족은 그대로 곤두박질 쳤다. 발목을 심하게 다쳤는지 손으로 움켜잡은 채 고통스러워했다. 화길이가 크게 외쳤다.

"남은 건 넷!"

남은 여진족들은 둘씩 짝을 지어 화길이를 향해 좌우에서 접근해 왔다. 칼과 도끼를 든 채 화길이에게 다가가던 네 명의 여진족들은 뒤쪽에서 날아온 화살이 머리를 스쳐 지나가자 화들짝 놀랐다. 그 틈에 화길이는 무너진 담장 아래 흩어져 있던 돌을 집어 던졌다. 뒤돌아보고 있던 여진족 한 명이 정통으로 머리를 맞고는 그대로 뻗어버렸다. 순식간에 동료들이 쓰러지자 남은 여진족들은 눈에 띄게 당황했다.

온 세상이 추워지면서 이제는 다쳐도 제대로 치료받을 수 없었다. 그래서 부상을 당하면 무리에서 버림을 받기 일쑤였는데, 조선 사람들은 어떻게든 서로를 돌봐주려 했지만 여진족들은 가족이라도 망설임 없이 외면했다. 그렇기에 여진족들은 다치는 상황을 몹시 두려워했다. 화길이는 당황스러워하는 여진족들에게 소리쳤다.

"동료들이 오고 있어. 지금 도망치면 쫓지 않겠다! 어서 가!"

화길이의 말을 알아듣지는 못했지만 무슨 뜻인지 눈치챘는지 여진족들이 슬금슬금 물러났다. 속으로 안도의 한숨을 쉬는 순간, 바람을 가르는 소리와 함께 화살이 날아왔다. 화길이는 종아리에 화끈거리는 통증을 느꼈다. 아래를 내려다보니 왼발에 신은 동구니신에 화살이 박혀 있었다.

"으윽!"

균형을 잃은 화길이가 그대로 주저앉자 뒷걸음질 치던 여진족들이 다시 덤벼들었다. 화길이는 쥐고 있던 죽장도를 던져 다가오는 여진족의 아랫배를 맞혔다.

남은 두 여진족 중 하나가 다시 화길이를 향해 칼을 내리쳤다. 몸을 옆으로 굴려 가까스로 피한 화길이의 귓가에 얼음 바닥과 칼날이 부딪히는 굉음이 들렸다. 화길이는 다치지 않은 다리로 자신을 향해 칼을 내리치려는 여진족의 다리를 걸어찼다. 순간 휘청거리던 여진족이 다시 균형을 잡고서 무어라 욕설 같은 것을 내뱉더니 화살이 박힌 화길이의 왼쪽 다리를 짓밟았다.

화길이는 비명도 지르지 못할 만큼 끔찍한 고통 때문에 꼼짝할 수 없었다. 여진족은 흡족한 표정을 지으며 머리 위로 칼을 치켜들었다. 이제 끝이라고 생각한 화길이가 눈을 감으려는 찰나, 여진족의 표정이 일그러졌다. 들어 올린 칼을 힘없이 떨어뜨린 여진족이 화길이 옆으로 푹 쓰러졌다. 얼굴을 자세히 보니 화길이 또래로 보이는 여진족의 등에 화살이 박혀 있었다.

쓰러진 여진족이 입에서 피를 토하면서 화길이를 향해 손을 뻗었다. 도와달라고 하는 것인지 아니면 해치려는 것인지 알 수 없었지만 화길이는 그 손을 잡아줬다. 화길이의 손을 꽉 움켜쥔 여진족이 눈물을 흘렸다. 눈에서 흐른 눈물은 입에서 흘러내린 피와 섞이면서 그대로 얼어버렸다.

얼어붙은 세상에서 죽음은 아주 흔해졌다. 그럼에도 죽음은 낯설고 고통스러웠다. 그게 비록 자신을 해치려고 한 이의 죽음이라 해도 말이다. 특히 지난번 눈사태로 수많은 생명을 희생시킨 이후 화길이에게 죽음은 목에 걸린 가시 같았다. 이런저런 생각에 잠긴 채 죽어가는 여진족을 바라보는데 월화의 모습이 눈에 들어왔다.

"뭐 해? 다친 거야?"

얼른 여진족의 손을 놓은 화길이가 몸을 일으켰다.

"아니야, 괜찮아."

"미안, 숨어 있는 놈이 없을 줄 알았는데……. 진짜 마지막에 마지막까지 숨어서 기회를 노렸나 봐."

"어떻게 됐어?"

"다시는 화살을 못 쏘게 만들었지. 다른 한 놈도 처리했고. 그나저나 다리는?"

그제야 다리에 박힌 화살의 존재를 다시 깨달은 화길이가 얼굴을 찡그렸다. 월화는 그런 화길이를 부축해 대청에 앉혀 놓고 다리를 살폈다.

"동구니신을 신고 있어서 다행히 깊게 들어가지는 않았네. 뽑을까?"

"그게 낫겠지?"

월화가 화살을 꽉 움켜쥔 채 말했다.

"혀 깨물지 않게 조심해."

화길이가 소맷자락으로 입을 틀어막자 월화는 단숨에 화살을 뽑았다. 시걱거리는 소리와 함께 더 날카로운 통증이 화살처럼 날아들었다. 월화가 잽싸게 화길이의 발에서 동구니신을 벗기고 화살이 뽑힌 자리를 머리띠로 감쌌다. 바닥에 흩뿌려진 피는 조금 전 화살에 맞고 쓰러진 여진족의 피처럼 금방 얼어붙었다.

그때, 조심스럽게 방문이 열렸다. 붉은색 낡은 철릭[*]에 털가죽을 둘둘 두른 군관이 단도를 겨눈 채 모습을 드러냈다. 이십 대 중반쯤으로 보이는 남자는 가슴에 종이인지 가죽인지 알 수 없는 엄심갑을 착용하고 있었다. 여진족과 싸운 흔적인지 얼어붙은 수염에는 피가 묻어 있었고, 뺨에도 피가 튀어 있었다. 월화가 짜증을 내며 말했다.

"우린 도와주다가 죽을 뻔했는데, 방 안에 처박혀서 뭘 하고 있었던 거예요?"

월화의 앙칼진 목소리에 무관은 칼을 거두면서 겸연쩍게 대답했다.

"미, 미안……. 누군지 몰랐어."

"이제 알았으니까 좀 도와주세요. 피를 많이 흘리면 안 된다고요."

"아, 알겠어."

무사는 월화를 도와 화길이를 부축했고, 그사이 방 안에 숨어 있던 조선 사람들이 하나둘씩 모습을 드러냈다. 철릭을

---

[*] 무관이 입던 제복

입고 꿩의 깃이 달린 전립을 쓴 중년의 관리와 그의 첩으로 보이는 젊은 여성, 부부 한 쌍과 그들의 어린 아들딸, 그리고 또 다른 무관 두 사람이 있었다. 그중 한 명은 다쳤는지 팔을 감싸고 있었다. 중년의 관리가 겁먹은 얼굴로 주변을 돌아보며 물었다.

"여진족들은 다 물러갔느냐?"

화길이를 부축해 주던 무관이 고개를 끄덕거렸다.

"이 두 사람이 물리쳤습니다."

중년의 관리가 얼굴을 찌푸렸다.

"흉악하고 날랜 여진족들을 이 어린 계집과 소년이 물리쳤다고?"

못 믿겠다는 관리를 향해 월화가 쏘아붙였다.

"그러면 우리가 여진족이랑 한패라도 된다는 말이에요?"

"어허, 감히 어디서!"

관리가 호통을 치자 월화가 비아냥거렸다.

"요즘 같은 세상에 양반이라고 큰소리치고 다니면 쥐도 새도 모르게 눈 속에 묻힙니다."

"저, 저런 고얀 년을 보았나! 내가 누군지 아느냐? 온성 부사 심계진이다."

"온성이 지금 남아 있기나 합니까? 아까 여진족에게도 그렇게 호통을 쳐서 쫓아버리지 그러셨어요?"

월화는 유독 관리들에 대한 반감이 심했다. 그래서 피난민 중에 관리들을 받아들이는 걸 꺼렸다. 그런 월화의 독설에 온성 부사를 자처한 심계진은 미친 듯이 화를 냈다.

"정녕 죽고 싶어서 환장한 것이냐? 나라의 녹을 먹는 관리를 능멸하고서 무사하지는 못할 것이야!"

월화도 눈 하나 깜빡하지 않고 대꾸했다.

"임금이 도성을 버리고 떠난 지 오래라고 들었는데 녹은 어디서 받으십니까? 같은 조선 사람이라고 목숨을 걸고 도와줬는데 양반이라고 큰소리나 치고 겁박하다니, 정녕 부끄럽지도 않습니까?"

월화의 말을 들은 무관이 참다못해 나섰다.

"아버지, 이제 그만하세요. 저 소녀의 말이 맞습니다."

"뭐라고? 양반은 죽었다 살아나도 양반이야!"

"이제 양식도 다 떨어졌고, 일행들도 지쳤습니다. 양반으로 죽는다 해도 그 누가 알아주겠습니까?"

아들인 무관의 대꾸에 심계진은 씩씩거리다가 이내 화를 누그러뜨렸다. 그런 아버지를 본 무관이 화길이와 월화에게 말했다.

"내가 대신 사과하겠네. 아버님은 마지막까지 백성들을

지키고 돌보기 위해 최선을 다하셨어. 그런데 여진족이 쳐들어오고 일부 백성들이 반발하니 큰 충격을 받으셨는지 이후에는 저렇게 고집불통이 되어버리셨지."

아들의 말에 화길이가 웃으며 대답했다.

"괜찮아요. 어디로 가려고 하셨어요?"

"관아를 떠난 이후 임금이 계신 한양으로 가려고 했어. 그런데 저 멀리 제주도로 몽진*을 떠났다기에 정착할 곳을 찾아 떠돌던 중이었지. 소문에는 백두산 쪽에 사람이 살 만한 곳이 있다 해서 그쪽으로 가다가 여진족의 공격을 받았다."

"아까 시신을 봤어요."

월화의 대답을 들은 무관이 어두운 표정을 지었다.

"우리를 마지막까지 따르던 관노였다. 다들 도망가는 와중에도 충실하게 우리 곁을 지켜줬지. 너희가 아니었으면 저들에게 무슨 봉변을 당했을지 모른다."

"봉변 정도가 아니에요. 소문에는……."

월화가 차마 말을 잇지 못하자 무관이 알고 있다는 말투로 이야기했다.

"우리 백성들을 삽아다가 죽여 인육을 먹는다는 얘기는

---

* 임금이 난리를 피해 안전한 곳으로 떠남

나도 들었단다. 너희 말대로 그럴 일을 겪고도 남았을 것이다. 어쨌든 도와줘서 고맙다. 나는 심용규라고 한다."

"저는 화길이고, 여긴 월화라고 해요."

"둘 다 여기 출신이니?"

"아뇨. 저는 한양에서 왔고, 월화만 여기 출신이에요."

"그랬구나. 한양에서부터 여기까지는 어떻게 온 거니?"

"이런저런 사정이 좀 있었어요. 한양으로 돌아가는 길에 시신을 발견했는데, 그 시신의 일행이 쫓기는 모습을 보게 되어 온 거예요."

"요즘 같은 세상에 정말 고맙구나. 뭐라도 보답하고 싶지만 보다시피 우리도 가진 게 없는 처지라서 말이야."

몹시도 미안해하는 심용규에게 화길이가 대답했다.

"괜찮아요. 원하신다면 우리가 머무는 곳으로 안내할게요."

"머무는 곳이 있다고?"

심용규의 반문에 화길이가 활짝 웃으며 말했다.

"따뜻한 땅이요. 소문으로 들으신 거기에서 왔어요."

온혈

 다친 화길이를 부축하며 앞장서 걷던 월화가 뒤쪽을 힐끔 돌아봤다. 심용규는 아버지인 온성 부사 심계진을 부축하고 있었고, 온성진의 군관인 한창덕은 다친 팔을 부여잡은 채 혼자서 걷고 있었다. 심계진의 첩으로 보이던 젊은 여성은 일가족과 함께 따라오고 있었다. 알고 보니 그들은 호방의 가족들이었다. 다른 아전들이 다 도망치거나 흩어진 와중에도 남아 있다가 동행한 것이다. 월화가 화길이에게 낮게 투덜거렸다.

 "저 사람들, 마음에 안 들어."

 "마음에 안 든다고 외면할 수는 없잖아. 먹을 것도 다 떨어져서 굶어 죽거나 여진족들에게 당할 게 뻔한데 말이야."

"우리가 모든 사람을 살려줄 수는 없어."

"그렇긴 해도 최선을 다해야지. 지금까지 너무 많이 죽었어."

고개를 끄덕거리면서도 월화는 못마땅한 표정을 감추지 않았다.

"요즘 피난민들이 늘어나서 이런저런 말들이 나오고 있잖아. 한숨 돌릴 만하니까 양반이네 관리이네 하면서 어깨에 힘을 주고 있다고."

"여러 사람이 함께 지내다 보면 문제가 생길 수밖에 없어. 잘 얘기하면 될 거야."

"백결이 아저씨가 있었으면 그나마 나았을 텐데……."

화길이는 툴툴대는 월화를 다독거렸다. 그때, 뒤에서 잠깐 쉬었다 가자는 심계진의 목소리가 들렸다. 월화가 뭐라 할까 봐 화길이가 잽싸게 먼저 대꾸했다.

"저도 마침 다리가 아파서 쉬고 싶었어요."

월화는 그런 화길이를 살짝 째려보고는 고개를 끄덕거렸다.

"잠깐 쉬었다 가요."

힘겹게 따라오던 심계진 일행이 기다렸다는 듯 여기저기 흩어져서 숨을 골랐다. 다들 힘들어하는 모습을 보니 월화도 마음이 약간은 누그러졌는지 걱정스러운 표정을 지었다.

"진짜 사람들이 한 줌도 안 남았겠어."

나란히 앉은 화길이와 월화 앞으로 심용규가 조심스레 다가왔다.

"너희가 말한 데는 정말 따뜻한 곳이니?"

월화는 기분이 나빠졌는지 톡 쏘아붙였다.

"왜요? 양반이 아니라서 못 믿겠어요?"

"미안, 그런 건 아니야. 그냥 궁금해서."

화길이가 서둘러 끼어들었다.

"맞아요, 따뜻한 곳."

"듣기만 해도 안심되는구나. 한여름에 눈이 왔을 때 얼마나 놀랐는지 모른다."

"저도 그랬어요. 멸화군인 아버지를 도와서 불을 끄고 있었는데 갑자기 눈이 내렸거든요."

"우리 아버지는 나름대로 최선을 다하셨어. 창고를 봉하고, 식량을 최대한 확보하려 했지. 하지만 계속 눈이 내리고 추워지면서 아무 소용이 없게 되었어."

심용규는 그때가 떠올랐는지 절망적인 표정을 지었다. 화길이 역시 비슷한 경험이 있었던 탓에 그의 마음을 쉽게 이해할 수 있었다. 심용규가 좀 떨어진 곳에 앉아 쉬고 있는 아버지를 보면서 덧붙였다.

"그 이후에 참 많은 일이 있었지. 어떨 때는 현실이 아니라 악몽 같아."

믿었던 사람들에게 배신당한 기억을 떠올린 화길이가 조심스럽게 대답했다.

"공감해요. 저 역시 그랬으니까요."

"아버지는 그 와중에도 어명을 기다려야 한다고 하면서 답답하게 구셨어. 격렬하게 반발한 백성들의 마음이 한편으론 이해가 가기도 해."

"제정신으로 살아가기 힘든 세상이잖아요."

심용규가 고개를 끄덕거렸다.

"스스로 목숨을 끊는 사람들을 너무나 많이 봤다. 심지어 여진족들도 견디지 못하고 한데 모여 자살한 현장을 보기도 했지. 이상한 사람들도 너무 많고 말이야. 얼마 전에는……."

무슨 재미난 일을 겪었는지 심용규의 얼굴에 미소가 피어올랐다.

"자기가 성창 대군이라고 주장하는 미친놈을 만났지 뭐니."

예상 밖의 이름을 들은 화길이는 깜짝 놀랐다.

"성창 대군이요? 언제 어디에서 만난 겁니까?"

심용규는 잠깐 생각하다가 대답했다.

"어제, 남쪽에서."

어제라는 말에 화길이와 월화는 서로의 얼굴을 바라봤다. 금구폭포 앞에서 여진족과 함께 눈사태로 파묻어 버린 게 며칠 전이었으니까. 어떻게 생겼냐는 월화의 물음에 심용규는 손짓을 섞어 대답했는데, 화길이가 기억하는 성창 대군의 모습과 비슷하긴 했다. 그리고 놀라운 이야기를 더 해주었다.

"정말 웃긴 건, 달랑 저고리 차림이었어. 이 추운 날씨에 말이야."

"그 위에 아무것도 안 입고요?"

"그래. 그러면서 자기는 하늘의 선택을 받은 임금이라 하더군. 어이가 없어 먼발치에서 돌아 지나갔어. 그 바람에 여진족과 마주쳤지."

분하다는 표정과 함께 주먹을 불끈 쥔 심용규가 덧붙였다.

"더 웃긴 건 그렇게 큰소리를 쳐놓고는 고작 시동 하나만 데리고 다니더라고. 네 또래의 남자애를 말이야."

이번에도 화길이는 큰 충격을 받았다. 하지만 애써 침착함을 유지했다. 그런 화길이의 눈치를 보며 월화가 끼어들었다.

"어서 가요. 날이 어두워질 거 같아요."

심용규는 아버지를 일으켜 세우기 위해 돌아갔다. 화길이도 월화의 부축을 받으며 자리에서 일어났다.

"설마……."

화길이의 중얼거림을 들은 월화가 말했다.

"아니겠지."

"같은 장소에 있던 건 사실이잖아."

"그 어마어마한 눈사태를 피한 사람은 아무도 없어. 여진족이나 성창 대군 쪽 모두."

월화는 확신에 찬 목소리로 말했지만 화길이는 좀처럼 안심이 되지 않았다. 불안과 두려움을 안은 채 두 사람은 심계진 일행과 함께 금구폭포 안쪽에 숨겨진 온혈로 들어섰다. 여진족의 침입을 막기 위해 돌과 나무로 세운 방책 사이를 지나자 넓고 따뜻한 공간이 나왔다. 긴가민가한 표정으로 뒤따라오던 심계진은 놀란 표정을 감추지 못했다.

"맙소사! 이런 곳이 있었다니……."

이렇게 넓은 공간이 온기를 유지하고 있다는 건 상상할 수 없는 일이라 심계진이 놀랄 만도 했다. 거기다 하늘이 어느 정도 개방되어 있어 빛도 충분히 들어왔다. 땅이 따뜻하니 눈이 내린다고 해도 금방 녹아 물이 되었다.

중앙에는 사람들이 힘을 합쳐 인공적으로 만든 작은 연못이 있어 거기 모인 물로 식수를 해결했고 농사도 지을 수 있었다. 이미 상추가 이미 잘 자라는 중이었으며 피난민이 품에 안고 온 닭들은 건강히 알을 낳았다. 한쪽에서는 새로운 경작지를 만들기 위해 괭이와 호미로 흙을 돋우는 중이었다. 닭똥을 비롯한 인분은 한쪽에 차곡차곡 쌓여 거름으로 만들어졌다.

사람들이 늘어나면서 차츰 자기가 할 일을 찾아 나선 것이다. 아직 쌀이나 보리 같은 곡물은 재배하지 못하고 있었지만 씨앗을 찾아낸다면 그것도 가능할 것 같았다.

심계진은 곧장 자신과 신분이 비슷한 양반 무리 사이로 들어갔다. 심용규는 겸연쩍은 표정으로 고맙다는 말을 남기며 아버지를 따라갔다. 그런 두 사람을 못마땅하게 바라보던 월화는 화길이를 바위에 앉혔다. 또래 친구들과 흙을 나르던 경혜가 깡충거리며 뛰어왔다. 환하게 웃던 경혜는 화길이의 다리를 보고는 깜짝 놀랐다.

"오빠! 어쩌다 다친 거야?"

놀란 경혜에게 월화가 말했다.

"호들갑 떨지 말고 가서 홍 의원님 불러와."

"알았어요."

심각해진 표정으로 경혜가 왔던 길을 돌아갔고, 잠시 후 나이 지긋한 홍 의원이 경혜와 함께 나타났다. 오면서 사정을 들었는지 오자마자 화길이의 다리를 살핀 홍 의원이 혀를 찼다.

"퉁퉁 부었네."

"깊이 박히지는 않았는데 많이 부었네요."

"아무래도 독을 쓴 모양이야. 여진족이 독화살을 종종 쓰거든."

"독이요?"

갑자기 현기증을 느낀 화길이가 그대로 쓰러졌다.

꿈에서 화길이는 눈이 내리기 이전 세상으로 돌아갔다. 아버지와 상관이 아저씨, 그리고 복춘이 아저씨와 부광이가 보였다. 다들 웃고 있다가 어딘가에 불이 났다는 소식에 부리나케 장비를 챙겨 나갔다. 보통 때 같으면 어서 따라오라고 했겠지만 아무도 화길이를 부르지 않았다. 서운해진 화길이는 울상을 한 채 뒤따라갔다.

불이 난 곳은 경복궁이었다. 평소에는 굳게 닫혀 있던 광화문이 활짝 열려 있었고, 그 안으로 멸화군들이 쉴 새 없이 들어갔다. 화길이도 엉겁결에 따라 들어갔는데 앞에서 누군가 외쳤다.

"경회루로 가라! 경회루로!"

그게 어디 있는 것인지 알 수 없었지만 화길이는 앞서간 멸화군들을 따라 달려갔다. 높다란 담장을 따라 빙빙 도느라

숨이 턱까지 찬 화길이는 겨우 경회루에 도착했다.

난생처음 본 경회루는 웅장했다. 수십 개의 거대한 돌기둥이 떠받드는 누각은 가끔 지나가면서 본 광화문이나 종루보다 어마어마하게 컸다. 바로 그 어마어마한 경회루가 활활 타오르는 중이었다. 다들 가까운 연못에서 물을 퍼와 불을 끄는 중이었다. 화길이 역시 지나가는 급수비자*에게서 건네받은 물통을 들고 물을 퍼 날라 경회루를 향해 힘껏 뿌렸다. 하지만 불은 꺼질 기미가 보이지 않았다. 아무리 불길이 맹렬하다고 해도, 이상할 정도로 타오르고 있었다. 당황한 화길이는 아버지에게 외쳤다.

"아버지! 왜 불이 안 꺼지는 거죠?"

팔짱을 낀 채 지켜보고 있던 아버지는 대답 대신 하늘을 올려다봤다. 어떤 질문에도 답해주던 아버지의 침묵은 화길이를 또 한 번 당황하게 했다.

"아버지!"

몇 번이고 부르자 아버지는 마침내 화길이를 바라봤다.

"아직 눈이 오지 않잖아."

어처구니없는 말에 화길이는 화를 냈다.

---

* 물을 긷는 일을 맡아 하는 여종

"무슨 소리예요? 지금 한여름인데!"

"겨울이 오고 있어. 아주 추운 겨울이."

뜻 모를 말에 어리둥절해하던 화길이는 자기 콧잔등에 내려앉은 눈을 보고는 깜짝 놀랐다.

"어? 누, 눈이 와요……!"

화길이가 돌아보자, 그 짧은 순간 아버지는 얼음덩어리로 변해 있었다. 아버지뿐만 아니라 상관이 아저씨와 복춘이 아저씨까지 모두 얼음 덩어리가 되어버렸다. 화길이는 주변을 두리번거리다가 멀쩡하게 서 있는 부광이를 발견했다.

"부, 부광아……. 너는 괜찮아?"

부광이는 대답 대신 고개를 끄덕거렸다. 안심한 화길이가 다가가는데 갑자기 부광이마저 딱딱하게 얼어붙기 시작했다. 화길이가 소리를 치며 달려가자 부광이는 얼기 직전 입술을 움직여 이렇게 말했다.

"모두 다 얼어버릴 거야."

"부광아!"

화길이가 뻗은 손이 닿기 직전 얼음이 된 부광이는 그대로 산산조각이 나버렸다. 곧이어 상관이 아저씨와 복춘이 아저씨, 그리고 아버지와 다른 멸화군들도 하나둘 깨져나갔다.

"아, 아버지!"

주변이 삽시간에 얼어붙었다. 조금 전까지 활활 타오르던 경회루는 불길까지 그대로 얼음이 되어버리더니, 곧장 얼어붙은 불길과 함께 부서져 버렸다.

어안이 벙벙해진 화길이는 세상에 자기 혼자 남았다는 사실을 깨달았다. 그 순간, 바닥에 흩어진 얼음 조각들이 화길이를 향해 몰려오기 시작했다. 맹수처럼 흉포한 기세로 다가오는 얼음들을 보면서 화길이는 절망에 빠져버렸다.

놀랍게도 다가오는 얼음들은 한데 뭉쳐 성창 대군으로 변했다. 두 팔을 활짝 벌린 성창 대군의 얼음이 마치 살아 있는 것처럼 외쳤다.

"나는 죽지 않는다! 이 얼음 같은 세상을 지배할 것이야!"

두려움을 느낀 화길이는 주변을 돌아봤다. 하지만 아무도 없었다. 성창 대군의 얼음조차 사라져 버린 자리에는 어둠이 대신 자리 잡았다. 사라진 성창 대군의 웃음소리는 귓가에 계속 맴돌며 화길이의 가슴을 점점 더 옥죄어 왔다.

"오빠! 눈 좀 떠봐. 정신 좀 차리라고!"

어둠이 사라지고 저 멀리서 누군가 화길이를 부르는 목소리가 들렸다. 곧 화길이는 자기가 눈을 뜬 곳이 온혈 구석에 있는 작은 움막이라는 사실을 깨달았다. 화길이에게 경혜가 말했다.

"내 목소리 들려?"

"아주 잘 들리니까 너무 크게 소리치지 마."

"진짜 큰일 나는 줄 알았잖아. 지금 며칠이 지났는지 알아?"

"며칠이나 지났는데?"

경혜가 손가락을 쫙 펼쳤다.

"닷새!"

"뭐라고?"

잠깐 꿈을 꾼 게 전부인데 닷새나 흘렀다는 말에 화길이는 어안이 벙벙했다. 경혜가 물이 담긴 바가지를 건넸다. 물을 벌컥벌컥 마신 화길이는 주변을 두리번거렸다.

"월화는?"

"밖에 나갔어. 오빠 먹일 약초 구한다고."

"이 엄동설한에 약초가 있을 리 없잖아."

"나도 말렸는데 들은 척도 하지 않고 나갔어."

그때 움막 밖에서 요란한 헛기침 소리가 들렸다. 경혜가 얼굴을 찌푸렸다.

"또 왔네."

"누군데?"

"보면 알아."

화길이가 입은 부상의 원인을 제공한 온성 부사 심계진과, 그 이전에 피난을 온 사람 중 양반이라고 자처한 사람들이 움막 안으로 들어왔다. 가장 먼저 들어선 심계진이 다시 한 번 헛기침을 하고는 자리에 앉았다. 그의 뒤로 다른 양반들이 자리를 차지했다. 심계진이 화길이에게 물었다.

"몸은 좀 어떤가?"

"괜찮아졌습니다."

"우리를 돕다가 다쳐서 걱정을 많이 하였다네. 나라가 제대로 돌아가고 있다면 조정에 알려서 마땅히 포상을 받도록 하겠지만 말이야."

"포상을 바라고 도운 것은 아니었습니다."

그 뒤로 어색한 침묵이 이어졌다. 경혜가 째려보는 가운데 심계진이 헛기침을 한 번 하고는 화길이에게 말했다.

"자네가 누워 있는 동안 여기에 피난 와 있는 사대부들과 몇 가지 논의를 하였네. 자네가 이 온혈을 처음 발견하고, 사람들을 받아주었다 하여 특별히 알려주려고 온 것일세."

"무슨 논의를 하신 겁니까?"

화길이의 물음에 심계진이 뒤에 앉은 사대부들을 힐끔 보고는 입을 열었다.

"일단 경비대를 창설했네. 이곳은 추워진 세상에서 안심하고 살 수 있는 곳이라 노리는 자들이 많아."

"그래서 입구에 방책을 세워 지키고 있지 않습니까?"

"그걸로는 부족하네. 물론 들어올 곳이 하나밖에 없긴 하지만 여진족이나 도적놈 수백 명이 마음먹고 밀고 들어오면 지금 방식으로는 지키기 어려워. 거기다 온혈에 사는 인원도 늘어나면서 질서를 유지해야 하고 말이야. 또……."

잠깐 뜸을 들인 심계진이 말을 이었다.

"세상이 뒤집힌 탓인지 반상의 법도를 잊은 자들이 늘어나고 있어. 그 문제를 해결하기 위해서 어쨌든 경비대가 필요하다는 결론을 내렸네. 자네가 의식이 없어서 상의할 상황이 아니라 일단 군관인 내 아들 심용규가 사람들을 뽑아 훈련하고 있네."

이미 확정된 상황을 통보하는 심계진에게 화길이는 분노가 치밀었지만 애써 참고 입을 열었다.

"알겠습니다."

화길이의 대답을 들은 심계진이 다시 입을 열었다.

"그리고 이제 온혈에 피난민들을 받는 것도 금지하기로 하였네."

"뭐라고요?"

이번에는 화길이도 참지 못하고 벌컥 화를 냈다. 그러자 심계진이 바로 대답했다.

"이곳에 도착하기 전, 자신을 성창 대군이라 칭하는 사내를 만났네. 가짜인 줄 알았는데 여기 와서 얘기를 들어보니 그의 말이 사실일 수도 있겠더군. 게다가 여진족들이 이 앞까지 쳐들어온 적도 있었고 말이야."

"그들은 침략자이지만 피난민들은 아무 잘못 없는 백성입니다."

"앞잡이가 있을 수 있고, 도움이 안 되는 사람들도 많아."

"도움이 안 된다니요?"

"늙고 병든 사람이나 아이들 말일세. 젊고 건장한 사람들이 많아야 일을 할 수 있는데 그렇지 못하면 식량만 축내게 되니 하는 소릴세."

"노인과 아이들도 상황이 안정되면 다 같이 일을 합니다. 장정들만 골라 받으면 나머지는 밖에서 얼어 죽으라는 얘깁니까?"

"모두를 살리려다가 전부 죽거나 위험에 처할 수 있다는 걸 왜 모르는가? 갑자기 사람들이 늘어나서 다들 불안해하고 있어."

심계진의 말에 화길이는 이해할 수 없다는 표정으로 고개를 절레절레 저었다.

"온혈은 그 누구의 것도 아닙니다. 여기에 누가 들어오고 말고를 함부로 결정할 수는 없습니다."

"그 누구의 것도 아니니 자네의 의견 역시 절대적이 아니겠군."

발끈한 화길이가 아니라 옆에서 얌전하게 앉아 있던 경혜였다.

"무슨 소리예요? 여길 처음 발견한 건 화길이 오빠라고요."

"그렇다고 여기가 화길이의 땅은 아니지 않느냐!"

심계진이 짜증 섞인 말투로 대꾸하자 경혜가 벌떡 일어났다. 그리고 옷고름에 묶여 있던 방울 달린 노리개를 꺼내 보였다.

"이게 뭔지 아세요? 북도 최고의 무당인 우리 할머니의 유품이에요."

노리개를 본 사대부들이 하나같이 겁에 질린 표정을 지었다. 노리개에서 뿜어져 나오는 알 수 없는 기운에 압도된 그들을 향해 경혜가 노리개를 흔들면서 소리쳤다.

"할머니가 돌아가시기 전에 말씀하셨어요. 내일 귀인을 만나 함께 따뜻한 곳을 찾아갈 것이라고요. 그리고 그 땅에서 귀인을 쫓아내려는 자는 모두 저주에 걸려 비참한 최후를 맞이할 거라고도 하셨어요."

경혜의 무시무시한 말에 모두 충격을 받은 모습이었다. 간신히 정신을 차린 심계진이 억지웃음을 지어 보이며 말했다.

"네 할머니가 대단한 무당인 건 알고 있지만 이미 돌아가신 분이지 않으냐?"

"우리 할머니의 신통력을 무시하는 거예요? 온혈에 있는 사람들이 이 예언을 들으면 어떻게 반응할지 보시겠어요?"

화길이는 속으로 감탄했다. 어리고 철부지인 줄만 알았던 경혜가 필요한 순간에 머리를 잘 쓴 것이다. 온혈에 도착해서야 알았지만 경혜의 할머니는 함경도와 평안도 지역에서 모르는 이가 없을 정도로 신통력이 대단한 무당이었다. 세상이 추워질 것임을 미리 알아차렸다면서 혀를 내두르는 이도 있었다. 그런 할머니의 예언이라 다들 어쩔 줄 몰라 했던 것이다.

심계진은 믿지 않는 눈치였지만 다른 사대부들은 겁에 질려 있었다. 온혈 사람들은 예언을 믿을 게 분명했다. 그렇다면 화길이를 핍박하던 사대부들은 미움을 받을 수밖에 없는 상황이었다. 평상시라면 신경 쓰지 않아도 되었지만 지금 세상은 반상의 법도가 모두 사라진 상태였다. 결국, 심계진의 기세도 꺾였다. 화길이는 적당한 틈을 봐서 입을 열었다.

"경비대를 창설하는 건 이해합니다. 온혈을 지키는 데 필요하니까요. 하지만 피난민들을 받지 않는 것은 반대합니다. 온혈은 크고 넓어서 지금보다 더 많은 사람이 들어와도 충분히 살아갈 수 있습니다. 불안해하시는 건 이해하지만 지금은 의심보다 서로의 도움이 필요할 때입니다."

기세가 꺾인 심계진이 고개를 끄덕거렸다.

"알겠네."

몸조리 잘하라는 말을 남긴 심계진이 사대부들과 함께 움막 밖으로 나갔다. 그들의 뒷모습을 바라보며 경혜가 얼굴을 찌푸렸다.

"세상이 바뀐 지가 언제인데 아직도 사대부라고 큰소리치는 건지, 쯧쯧."

"다들 어울려서 지내야지. 완벽한 사람이 어디 있겠어?"

"오빠는 너무 착해서 문제야. 방금 내가 끼어들지 않았으면 어쩔 뻔했어. 월화 언니도 없었으면 오늘 송장 치웠어, 진짜."

"고마워."

"정말 너무 착해."

화길이는 입을 삐죽 내밀고 투덜거리는 경혜의 머리를 쓰다듬어 줬다.

"많은 사람이 죽었잖아. 더 이상 희생되는 사람이 없으면 좋겠어."

"어휴."

경혜가 다시 한숨을 쉬었다. 그런 경혜에게 웃어 보이며 화길이가 몸을 일으켰다.

"같이 온혈 좀 한 바퀴 돌아볼래?"

"괜찮겠어?"

"응, 몸을 좀 움직여야 아버지를 만나러 갈 수 있잖아."

"진짜 갈 거야? 여기서 한양이면 너무 멀어."

"아버지랑 약속했어. 따뜻한 땅을 찾아 돌아가기로 말이야."

경혜는 말없이 화길이를 부축해 줬다. 움막에서 나온 화길이가 가장 먼저 본 것은 한 무리의 장정들이 나무 막대기를 휘두르며 훈련하는 광경이었다. 푸른색 철릭에 붉은 머리띠를 맨 심용규가 그들 앞에 서 있었다. 심용규가 환도를 휘두르며 구령을 붙이면 장정들이 동작을 따라 하는 방식이었다. 화길이를 부축하던 경혜가 말했다.

"저 사람들이 경비대야."

"어떻게 뽑은 거래?"

화길이의 물음에 경혜는 심용규를 손으로 가리켰다.

"저 사람이 모았어. 키도 크고 훤칠한 데다가 말을 잘해서 따르는 사람들이 금방 늘어났어. 자기 아버지랑은 다르게 착하고 친절하거든."

"경비대가 필요하긴 하지."

"물론 그렇지만 뽑힌 사람들은 대부분 온혈에 들어온 지 얼마 안 된 사람들이야. 오빠랑 월화 언니보다는 저 사람을 더 따를 거라고. 그리고 자기 아버지랑 다르다고 해도 결국은 아버지 뜻을 따를 거야. 자식이니까."

"두고 보자. 나쁜 뜻으로 그런 건 아닐 거야."

경혜가 작은 주먹으로 가슴을 치는 시늉을 했다.

"어휴! 답답해, 진짜."

그걸 보고 껄껄 웃던 화길이의 눈이 어느 한 곳에 멈췄다.

"저건 뭐야?"

화길이의 시선을 따라간 경혜가 고개를 절레절레 저었다.

"심계진을 따라온 아전 아저씨가 만들고 있는 거야."

"뭘 만드는 건데?"

잠깐 기억을 더듬던 경혜가 입을 열었다.

"비차라고 했어. 하늘을 나는 수레."

"하늘을 난다고? 어떻게?"

"설명을 듣긴 했는데 복잡했어. 직접 가서 물어봐."

화길이와 경혜가 다가갔지만 남자는 하고 있던 일에 열중하느라 인기척을 느끼지 못한 것 같았다. 바로 뒤까지 다가간 화길이가 헛기침 소리를 내자 그제야 뒤를 돌아보았다. 남자는 애체*를 쓰고 있었다. 심계진과 일행이었다고는 하지만 워낙 급박한 상황이라 얼굴을 제대로 본 적이 없었다. 애체를 끌어 올린 남자가 화길이에게 말했다.

"네가 우릴 구해주고 여기 데려온 화길이로구나."

이십 대 중반쯤으로 보이는 남자의 말에 화길이는 가볍게 고개를 끄덕거렸다.

"당연한 일을 했을 뿐입니다."

"세상이 얼어붙고 당연한 게 당연해지지 않게 되었어. 정말 고맙구나. 내 이름은 한공청이란다. 온성 관아에서 호방으로 일했었지."

"만나서 반갑습니다. 그런데 지금 뭘 만드시는 건가요?"

한공청은 한 걸음 뒤로 물러나 자신이 만들고 있는 것을 바라봤다. 아래에는 바퀴가 달린 작은 수레가 있었고, 위로는 나무 막대기를 이리저리 얽어놨는데 꼭 활짝 편 새의 날개처럼 보였다.

"비차라는 것이지."

"하늘을 나는 수레라는 뜻이라던데, 정말 그럴 수 있습니까?"

한공청은 잠시 얼어붙은 하늘을 바라봤다.

❋ 조선 시대에 만들어진 안경

"새가 아닌 이상 사람이 나는 건 불가능하지. 새가 왜 날 수 있는지 알아?"

화길이의 대답을 듣기도 전에 한공청은 날갯짓하는 시늉을 했다. 그러자 바위에 걸터앉아 상추를 씹고 있던 그의 딸이 키득거리며 웃었다. 날갯짓하며 비차 주위를 한 바퀴 돈 한공청이 다시 화길이 앞에 섰다.

"인간이 하늘을 날기 위해서는 새의 날개가 필요해. 팔이 아니라."

"그러면 수레에 날개를 다는 것입니까?"

한공청이 무릎을 쳤다.

"바로 이해하는군. 어릴 때 연 날린 적 있었지?"

"그럼요."

"연이 높이 날 수 있는 이유는 가볍고 바람을 잘 탈 수 있기 때문이야."

"그렇죠. 연의 살은 되도록 얇게 만들어서 종이를 붙여서 바람을 태우면 높이 올릴 수 있었어요."

"맞아. 이 비차가 인간을 하늘 높이 올려줄 연이 될 거야. 하늘을 나는 건 어릴 때부터 내 꿈이었어. 그런데 역설적으로 세상이 뒤집히니까 그걸 실현하게 되네."

"그동안은 만들지 못했던 건가요?"

"아전 노릇이나 잘하라며 쓸데없는 짓 하지 말라는 핀잔과 잔소리만 들었지. 이곳에 오니까 그런 잔소리를 하는 사람들이 없어서 이것저것 모아 만들어볼 수 있게 된 거야."

화길이는 미심쩍은 눈으로 비차를 바라봤다. 바퀴가 달린 작은 수레는 더없이 엉성해 보였고, 날개 부분도 어설프기 그지없었다. 날기는커녕 몇 바퀴 굴러가기도 전에 부서질 것처럼 보였지만 마음 한구석에는 내심 희망이 싹트고 있었다.

'이게 완성되면 한양에 있는 아버지에게 금방 갈 수 있겠네.'

여진족의 독화살에 맞은 다리는 여전히 걸음을 옮길 때마다 아프고 따끔거렸다. 한양까지 가려면 식량이 든 무거운 배낭을 짊어져야 했고, 눈이 쌓인 길을 걸어야만 했다. 불편한 다리로 움직이다 또다시 다치면 진짜 오도 가도 못하는 신세가 될 수 있었다. 그렇다고 자신이 오기만을 기다리는 아버지를 언제까지 기다리게 할 수도 없는 노릇이었다. 여러 가지로 고민이 많았던 화길이는 어쩌면 그 모든 문제를 한번에 해결할 수 있는 방법을 찾아냈을지 모른다는 생각이 들었다. 물론 완벽한 해결책이 되기 위해서는 많은 시간과 노력이 필요하다는 사실도 놓치지 않았다. 화길이가 흥미를 보이자 한공청이 말했다.

"몇 가지 재료만 있으면 비차를 날릴 수 있어."

"어떤 게 필요합니까?"

"가벼운 것들, 그러니까……."

한공청이 손가락으로 비차를 가리키며 덧붙였다.

"사람이 타고 가는 수레는 대나무로 만들면 좋겠지. 날개는 가볍고 질긴 비단이나 닥종이로 만들면 바람을 잘 타면서도 찢어지지 않을 거야."

화길이가 쓴웃음을 지으며 말했다.

"다들 요즘 구하기 힘든 것들이군요."

"구하기 어렵지 않은 것들이 없지. 하지만 난 포기하지 않을 거야."

"날씨가 춥고 바람이 많이 불고 있어요. 뭔가를 날리기에는 어렵지 않나요?"

"천만에. 바람이 세게 불 때 연이 높이 나는 것처럼, 비차도 그럴 때 날리기 쉬워."

"그런데 비차가 하늘에 떠오른다고 해도 어떻게 조종하죠? 연처럼 끈을 달아서 아래에서 끌 수도 없잖아요."

내내 신나게 떠들던 한공청이 처음으로 제대로 된 대답을 하지 못했다.

"그, 그야 바람을 따라서 흘러가면 되겠지."

"그것도 나쁘지 않겠지만, 이왕 비차를 타고 하늘로 올라

간다면 원하는 곳으로 가야 하지 않겠어요?"

"꼭…… 그럴 필요는 없잖아."

한공청이 어색하게 웃으며 대답했지만 화길이는 고개를 저었다.

"아까 얘기한 새도 목적지가 있잖아요. 방향을 조종할 수 있는 방법을 찾지 못하면 아무리 하늘 높이 뜬다 한들 의미가 없어요."

한공청이 고개를 끄덕거리며 수긍했다.

"지금까지는 띄우는 데 급급했지만 이제는 그 고민도 해 봐야겠구나."

"일단 비차를 만드는 데 필요한 재료들을 구해볼게요. 나머지는 같이 고민해 봐요."

"종이와 대나무를 구하겠다고?"

"대신에 다 만들어지면 제가 타볼게요."

"위험할 텐데 괜찮겠어?"

한공청이 걱정스러운 표정으로 대꾸하자 화길이가 살짝 웃었다.

"모든 게 위험해진 세상이잖아요."

"그렇긴 하지."

화길이는 수고하라는 인사를 남기고 돌아서서 움막으로

향했다. 사실 계속 다리가 아팠지만 옆에서 걱정하는 경혜 때문에 최대한 티를 내지 않으려고 했다. 애써 경혜의 시선을 피하며 움막에 다다르니 멀리서 달려오는 월화가 보였다. 월화는 눈이 잔뜩 묻은 남바위를 탈탈 털어내고서 화길이의 몸 이곳저곳을 살펴봤다.

"괜찮아?"

"응, 멀쩡해."

"먼발치에서 보니까 다리가 잘 움직이지 않는 거 같은데, 뭐가 괜찮다고 그래."

"시간이 지나면 나아질 거야."

"환장하겠다. 이렇게 목숨 걸고 도와줬는데 정작 당사자는 양반이라고 거드름이나 피우고 다니다니."

월화의 말에 기다렸다는 듯이 경혜가 끼어들었다.

"안 그래도 아까 움막에 찾아왔었어, 패거리들이랑."

"화길이를 만나러 온 거였니?"

"응. 경비대를 창설하고, 온혈에 피난민들을 더 이상 들이지 않겠다고 했어."

"뭐라고? 자기 땅도 아니면서 왜 멋대로 결정하는 건데?"

경혜가 맞장구를 쳤다.

"내가 짜증을 내니까 양반이랍시고는 날 찍어 누르려고

하지 뭐야. 그래서 우리 할머니의 유언을 알려주면서 천벌을 받을 거라고 하니까 그때야 누그러들더라고."

"오냐오냐하니까 지금도 자기 세상인 줄 아네, 진짜."

화길이는 펄펄 뛰는 월화를 달랬다.

"일단 피난민들은 계속 받기로 했어."

"당연하지. 밖에서 굶주린 채 떠도는 백성들이 얼마나 많은데. 오늘도 약초 찾으러 갔다가 얼어 죽기 직전인 두 사람을 구했다고."

"잘했어. 온혈은 커서 수천 명이라도 너끈히 살 수 있는 곳이잖아."

"그 두 사람이 살려줘서 고맙다며 불쏘시개로 쓸 만한 종이가 있는 곳을 알려주더라고. 그런데 뭐, 내가 괜찮다고 했어. 온혈 안에 불쏘시개야 넉넉하니까."

"종이라고?"

"응. 자기가 어느 대감댁 청지기였는데, 그 집 사당에 한 번도 쓰지 않는 종이를 잔뜩 쌓아놨대. 족보를 새로 만들 때 쓸 종이를 미리 사놨던 거라나."

예상 밖으로 비차 재료를 쉽게 구할 수 있을 것 같다는 생각에 화길이가 급히 물었다.

"혹시 대나무도 구할 수 있을까? 아니면 대나무처럼 가볍고 잘 휘어지는 나무라도."

"그런 걸 어디다 쓰게? 가볍고 잘 휘어지면 창으로도 못 쓰잖아."

대답은 옆에 있던 경혜가 해줬다.

"어떤 아저씨가 비차라는 걸 만드는데 화길이 오빠가 관심을 보였어."

"비차? 하늘을 나는 수레?"

월화가 어처구니없다는 표정으로 되묻자 화길이가 설명했다.

"지난번에 우리가 구해준 온성 부사 있지? 그 일행이었던 한공청이라는 아전이 만들고 있어."

"아니, 수레가 어떻게 하늘을 날아?"

황당해하는 월화에게 화길이가 손짓발짓을 하면서 이야기했다.

"연처럼 가볍게 만들어서 날릴 건가 봐. 수레에 사람이 타고 그 위에 큰 연을 붙이는 식으로 말이야."

"작은 거라면 모르겠지만 어떻게 사람을 태우고 연이 날아오를 수 있다는 거야? 설사 날아오른다고 해도……."

말도 안 된다는 표정을 지은 월화가 온혈의 하늘을 올려다보며 덧붙였다.

"저런 바람을 어떻게 견딜 건데?"

화길이가 아무 말도 하지 못하자 월화도 고개를 저었다.

"혹시 그걸 타고 한양으로 갈 생각을 하고 있다면 포기해. 날지도 못할 거고, 날아도 제대로 가지 못할 거야."

월화가 단호하게 말했지만 화길이의 마음은 이미 비차를 타고 남쪽의 한양으로 날아가는 중이었다. 말없이 덩그러니 서 있는 화길이를 향해 월화는 고개를 절레절레 저었다.

"지금 돌아가는 상황이 심상치 않아. 네가 떠나면 무슨 일이 벌어질지 몰라."

"같은 조선 사람끼리 싸우는 건 원하지 않아. 이미 너무 많이 죽었잖아."

어마어마한 눈사태에 쓸려간 성창 대군 무리를 떠올리며 화길이는 몸서리를 쳤다. 사람들을 해치고 약탈한 나쁜 놈들이라 천벌을 받은 것이라 생각하려 했지만 쉽지 않았다. 밤마다 그들이 나타나 살려달라고 외치면서 원망하는 눈빛을 남겼다. 허겁지겁 잠에서 깨어나면 모든 것이 사라졌지만 고통스러운 기억은 오래도록 머물렀다. 하루빨리 한양으로 돌아가 아버지를 만나는 것만이 이 고통에서 벗어나는 길일 것이다. 화길이의 복잡한 속마음을 어느 정도 눈치챘는지 월화가 한숨을 쉬었다.

"뭐가 더 필요하대?"

"종이와 가벼운 나무. 연을 크게 만드는 형태니까 재료도 비슷한 게 필요하다고 했어."

"그래서 아까 종이 얘기가 나왔을 때 좋아했구나. 대나무라면……."

잠시 고민하던 월화가 말했다.

"구할 수 있는 곳이 있긴 해."

"어디?"

"만포진."

"거긴 어디에 있는데?"

"이 근처야. 원래 야인들이 쳐들어오는 걸 감시하고 막는 곳이라 무기들이 많이 있어. 물론 지금은 거의 다 털렸지만."

"그런데 거기에 대나무가 있다고?"

"응, 죽궁을 가지고 있었거든. 눈이나 비가 많이 내리면 화약이 젖어서 화포는 불발되고, 소뿔로 만든 활은 아교가 녹아서 제대로 쏠 수 없잖아. 그나마 죽궁은 멀리 쏘지는 못해도 날씨의 영향을 별로 받지 않으니까. 내가 속해 있던 의주 관아에서도 유사시에 대비해 죽궁을 보관하고 있었어."

"얼마나 있는데?"

"눈이 오기 직전, 만포진에 있던 기별군사가 들린 적이 있었거든. 대나무가 도착해서 군기고에 쌓아두고 있다고 한 걸 들었어. 얼마나 있는지는 몰라도 비차 정도는 어렵지 않게 만들 수 있을 거야."

"아까 종이가 보관되어 있다는 곳은 어디야?"

"만포진 근처 마을이라고 했어. 풍량곡이라고 했던가?"

"나랑 같이 가줄 수 있겠어?"

"다리 상태는 어떤데?"

월화의 물음에 화길이는 다리를 내려다봤다. 여전히 아프고 따끔거렸지만 애써 태연한 척 말했다.

"걸을 만해."

"내가 오늘 데려온 아저씨한테 자세한 위치를 물어볼게. 내일 떠나자."

둘의 대화를 듣던 경혜가 끼어들었다.

"이번에는 나도 같이 가."

"위험해."

월화와 화길이가 거의 동시에 같은 말을 하자 경혜가 팔짱을 낀 채 짜증을 냈다.

"나도 이제 다 컸다고! 더 이상 어린애 취급하지 마."

그 모습을 본 월화가 귀엽다며 깔깔거렸다. 함께 웃던 화길이는 불현듯 알 수 없는 불길함을 느꼈다. 본능적으로 주변을 돌아보다 허공을 가르며 날아오는 돌을 발견한 화길이는 경혜의 머리를 감싸며 외쳤다.

"엎드려!"

세 사람의 머리 위를 아슬아슬하게 스쳐 지나간 돌은 움막 지붕에 박혔다. 화길이는 허리에 차고 있던 죽장도에 손을 가져갔고, 월화도 활을 뽑아 든 채 주변을 돌아보며 외쳤다.

"누구야?"

"미, 미안해……!"

말소리가 들려오는 쪽으로 고개를 돌리자 심계진의 아들 심용규가 젊은 장정과 함께 헐레벌떡 달려오고 있었다. 심용규는 파랗게 질린 얼굴로 화길이와 월화에게 사과했다.

"미안해. 돌팔매질 연습을 하다가 엉뚱한 곳으로 날아갔는데 하필이면 이쪽이었네."

화길이는 진심으로 미안해하는 심용규에게 괜찮다고 했지만 월화는 의심의 눈초리를 거두지 않았다.

"그래요? 엉뚱한 곳으로 날아온 것치고는 아주 정확하게 날아왔네."

"그러게나 말이야. 이 친구가 팔에 힘을 잘못 준 거 같아."

심용규와 함께 서 있던 젊은 장정은 아무 대꾸도 하지 못한 채 고개만 푹 숙이고 있었다. 심용규가 그의 어깨에 한 팔을 올리며 말을 이어갔다.

"장준원이라는 친구인데 제법 열심히 노력 중이야. 그러니까 너무 나무라지는 않았으면 좋겠어."

말이 끝나기가 무섭게 장준원이라는 젊은 남자가 바닥에 엎드렸다.

"진심으로 죄송합니다. 잘못했어요."

화길이는 자신보다 몇 살은 더 위일 것 같은 그의 사죄를 받아들였다.

"괜찮으니까 얼른 일어나세요."

장준원이 일어나자 심용규가 화길이에게 웃으며 말했다.

"우리 아버지를 만났다며?"

"네, 움막으로 찾아오셨습니다."

"무슨 얘기가 오갔는지 모르지만……. 대신 사과할게."

"뭔지도 모르면서요?"

눈을 동그랗게 뜬 화길이의 물음에 심용규가 어깨를 으쓱거렸다.

"아버지가 한 얘기라면 뻔할 거라서 말이야. 온혈을 폐쇄하고 경비대를 강화하겠다고 하셨겠지."

"거의 정확해요."

"솔직히 말해서 경비대는 필요하지만 온혈을 폐쇄하는 걸 아버지가 결정할 권한은 없다고 생각해. 다른 사대부들도 마찬가지고 말이야."

잠자코 있던 월화가 쏘아붙였다.

"잘 알면서 왜 말리지 않았어요?"

"세상에 부모님을 이길 자식은 없어. 나 역시 아버지의 판단이 아쉽지만 그걸 억지로 바꿀 힘은 없어."

틀린 말은 아니라서 월화도 더 이상 불편한 기색을 내보이지 못했다. 문제가 일단락되자 심용규는 홀가분한 표정으로 말했다.

"지금은 비록 무기도 없고, 훈련도 제대로 안 되어 있지만 잘 가르치면 좋은 병사들이 될 거야. 어쩌다 보니 훈련과 지휘를 맡고 있지만 욕심을 낼 생각은 전혀 없어. 부상이 나아지면 나와 함께 경비대를 이끌자."

예상 밖의 제안이라 월화조차 놀란 표정을 지었다. 화길이는 생각해 보겠다고 한 뒤 두 사람을 돌려보냈다. 그들의 뒷모습을 지켜보던 월화가 화길이에게 물었다.

"왜 거절했어?"

"아직 스무 살도 안 된 내가 무슨 군대를 지휘해."

"못할 건 뭐가 있는데? 네가 아니었으면 여길 노리는 여진족이나 성창 대군을 어떻게 물리쳤겠어?"

"더 이상 사람들이 죽지 않기를 바랄 뿐이야."

"네 심정도 이해는 하는데 지금은 죽지 않으려면 남을 죽일 각오를 해야만 해. 오늘 구해준 사람들도 다른 사람들에게 옷가지를 빼앗겨 얼어 죽기 직전이었어."

월화의 잔소리는 계속됐지만 화길이의 귀에는 더 이상 들어오지 않았다. 이미 머릿속은 한공청이 만든 비차를 타고 한양으로 날아가 아버지와 만날 생각으로 가득 차 있었다.

침입자들

"모조리 죽여라!"

칼을 머리 위로 치켜든 야마구치의 외침에 근처에 있던 부하들이 괴성을 지르며 호응했다. 바로 그 순간, 제주성의 성벽에서 발사된 포탄에 맞아 대나무를 엮어 설치한 대형 방패가 박살이 났다. 산산조각이 난 대나무 다발과 함께 그 뒤에 숨어 있던 부하들의 몸통도 눈발처럼 흩어졌다. 거기다 조선인들이 운주당이라고 부르는 누각에서 연달아 날아온 불화살에 어렵게 올린 공성용 누각이 활활 불타고 있었다.

"젠장! 눈발이랑 화살이 분간되질 않아!"

말이 끝나기도 전에 성벽에서 날아온 화살이 야마구치가

쓰고 있던 투구를 맞히고 튕겨져 나갔다. 하지만 그 옆에 서 있던 부하의 삿갓 모양 투구는 화살을 막아내지 못했다. 아마 한가운데에 푹 박힌 화살을 뽑아내려 애쓰던 부하는 결국 눈 쌓인 바닥 위에 힘없이 무릎을 꿇고 말았다. 입과 코에서 피가 흘러내렸지만 금방 얼어붙었다.

성벽 위의 병사들과 백성들은 눈을 퍼부어 댔다. 성벽에는 물을 부어놓아 얼음이 잔뜩 낀 상태였다. 가까스로 성벽에 사다리를 대고 올라가던 부하들이 머리에 철편을 맞고는 아래로 떨어졌다. 가뜩이나 추운 상태인데 바람까지 심하게 불어 공성전은 예상보다 더 어렵고 고통스러웠다. 야마구치는 그만 포기하고 돌아갈까 하는 생각도 들었지만 이내 고개를 저었다.

"돌아갈 곳이 없는 것이나 다름없지."

몇 달 전, 갑자기 한여름에 눈이 내리면서 야마구치가 살던 부젠국*은 큰 피해를 입었다. 농사를 망친 것은 물론, 바다에서조차 먹을 것을 구하기가 불가능했다. 갑작스러운 한파로 인한 굶주림은 곧장 전쟁을 불러왔다.

---

* 지금의 후쿠오카

다이묘*들은 백성들을 살리기 위해 어딘가에 식량이 있다는 소문을 들으면 바로 군대를 일으켰다. 물론 헛소문인 경우가 많았고, 사실이라 해도 모두가 먹을 수 있을 정도의 식량은 어디에도 없었다. 결국 승리한 쪽도 굶주리기는 마찬가지였다.

부젠국을 통치하던 다이묘인 키이 가문의 사무라이 야마구치는 누구보다 열심히 싸웠다. 충성심이 대단하기도 했지만, 한편으로는 그것이 자신의 명성을 드높이는 길임을 정확하게 알고 있었다. 그러던 어느 날, 야마구치는 우연히 다이묘와 측근들의 대화를 엿들었다.

그들은 가신과 백성들을 버리고 남쪽의 류큐 왕국으로 도주할 계획을 세우고 있었다. 이 무렵 야마구치는 전쟁터에서 열세 살 난 막냇동생을 잃은 상태였다. 허망함과 분노에 이성의 끈이 끊어진 야마구치는 다이묘와 그 측근들의 목을 모두 베어버렸다.

이러한 상황을 전혀 알지 못했던 동료들은 야마구치가 반란을 일으킨 것으로 오해했다. 이 과정에서 야마구치는 아버지와 처남을 잃었다. 또 야마구치가 죽인 동료 중에는 전쟁

※ 일본 헤이안 시대에 영지를 갖고 다스렸던 봉건 영주

터에서 목숨을 걸고 그를 구해줬던 자가 둘이나 있었다.

결국 동료들을 남김없이 처단한 야마구치는 자신을 스스로 부젠국의 새로운 다이묘라 선언했다. 그리고 악착같이 싸웠다. 어떻게든 식량을 빼앗고, 따뜻한 곳을 찾아 헤맸다. 하지만 싸우면 싸울수록 식량은 부족해졌고, 어디에도 오래 머물 수 없었다. 자신의 주군을 베어버렸다는 이유로 주변의 다이묘들이 손잡고 야마구치를 공격한 것이다.

고민에 빠진 야마구치의 귀에 솔깃한 소문이 들렸다. 바다 건너 조선 땅에 먹을 것이 많다는 내용이었다. 처음에는 믿지 않았다. 그러나 조선에 다녀온 적 있는 부하들이 조선은 농사를 많이 짓고, 늘 비상식량을 창고에 보관해 둔다고 하는 말을 들은 야마구치는 곧장 조선에 가기로 결심했다.

바다도 상당 부분 얼어버린 탓에 배를 타고 갈 필요는 없었다. 하지만 바다를 건너가던 중에 강풍을 만나면서 뜻하지 않게 조선 본토 대신 제주도에 도착하고 말았다. 하는 수 없이 제주도라도 약탈할 생각이었지만 하필 왕실이 몽진을 와 있는 상황이라 저항이 극심했다.

"주군! 위험합니다."

제주성의 성벽에 설치된 화포에서 어마어마하게 큰 화살

이 야마구치의 바로 옆으로 날아왔다. 시동인 시무라가 그를 끌어안고 앞으로 넘어지지 않았다면 몸이 두 동강 나고 말았을 것이다. 빗나간 화살은 얼음 바다에 튕겨 미끄러지면서 뒤쪽에 서 있던 부하들을 쓸어버렸다. 뭉개진 몸통과 떨어져 나간 팔다리가 눈 위에서 꿈틀거렸다가 금방 얼어붙었다. 야마구치를 살린 시무라가 말했다.

"주군! 일단 퇴각하시지요."

"어디로 말이냐? 뒤를 봐라! 얼어붙은 바다밖에 없어."

"저쪽에 조선인들이 산지천이라고 부르는 강가가 있습니다. 협곡이라 바람을 막아줘 버틸 만할 겁니다. 바다를 건너오느라 지쳐서 다들 힘을 내지 못하고 있습니다."

"시간이 지날수록 우리에게 불리하다."

"주변을 보십시오. 다들 지치고 배가 고파서 정신을 못 차리고 있습니다. 주군, 이러다가는 몽땅 다 죽을 겁니다. 일단은 물러나서 계획을 잘 짠 후에 다시 밀어붙여야 합니다. 보아하니 성안에 적수는 그리 많지 않은 것 같습니다. 물러나셔야 합니다, 제발."

시무라의 간절한 말이 얼음송곳처럼 그의 가슴을 후벼 팠다. 야마구치는 마침내 외쳤다.

"퇴각하라! 뒤로 물러난다."

"예, 주군!"

시무라가 기다렸다는 듯 병사들을 향해 퇴각을 외쳤다. 야마구치의 부하들이 성벽에서 서서히 물러났다. 성벽 위에 있던 조선인들이 환호성을 지르는 모습을 보며 분을 참지 못한 야마구치는 앞으로 달려 나갔다.

"주군!"

놀란 시무라가 나무 방패를 들고 서둘러 따라붙었다. 눈과 부하들의 시신이 쌓인 성벽 앞에서 야마구치는 고래고래 소리쳤다.

"바보 같은 조선 놈들아! 쓸데없는 저항을 멈추고 성문을 열어라! 그리하면 목숨은 살려주겠다!"

"주군! 주군! 조심하십시오!"

몇 개의 화살이 날아와 방패에 박혔고, 하나는 투구에 맞아 튕겨 나갔다. 계속해서 쏟아지는 눈발에 앞을 보기가 어려웠지만 야마구치는 투구의 챙을 살짝 올리며 성벽 위를 올려다봤다. 얼음이 잔뜩 끼어 있는 성벽 위 방패 사이로 누군가 모습을 드러냈다. 둥근 투구를 쓰고 철판을 엮어 만든 갑옷을 입은 백발의 노인이었다. 나이답지 않게 쩌렁쩌렁한 목소리로 외치는 그의 목소리가 거센 바람을 뚫고 들려왔다. 알아들을 수는 없었지만 기백에 찬 목소리만큼은 또렷하게 들었다. 잠시 후, 자신을 왜 역관이라고 소개한 자가 일본어로 외쳤다.

"나는 조선의 영의정이다. 이곳은 임금이 몽진해 오신 곳이라 장수와 병사, 그리고 백성들이 한마음 한뜻으로 뭉쳐 지키고 있다. 너희가 발악한다고 해도 임금이 있는 이 성을 넘어올 수는 없을 것이니 속히 너희 땅으로 돌아가라!"

"조선의 영의정은 잘 들어라! 우리는 돌아갈 곳이 없다. 그러니 반드시 성을 넘어 임금의 목을 치고, 너의 살을 씹어 먹어주마!"

역관이 통역해 말을 옮기는 소리가 들렸다. 영의정의 대답은 껄껄거리는 웃음이었다. 야마구치는 화가 머리끝까지 났지만 어찌할 방법이 없었다. 시무라가 얼른 돌아가자며 애원했다. 결국 돌아선 야마구치는 씩씩거리며 발걸음을 옮겼다.

※

이틀 후, 화길이는 경혜, 월화와 함께 온혈을 나와 만포진으로 향했다. 온혈 밖 금구폭포까지 따라 나온 심용규는 자신이 훈련한 경비대를 호위 무사로 붙여주겠다 했지만 거절했다. 먼발치서 손을 흔드는 심용규를 보며 월화가 고개를 갸웃거렸다.

"그런 아버지에게서 어떻게 저리 반듯한 자식이 나왔을까? 알 수가 없네."

경혜가 손으로 입을 가리면서 웃었다.

"다리 밑에서 주워왔나 봐."

두 사람이 낄낄거리는 가운데 화길이는 눈 쌓인 벌판을 바라봤다. 세상을 집어삼킨 눈이 완만한 경사를 이루며 펼쳐져 있었다. 그 사이를 타고 흐르는 바람이 얼어붙은 눈가루들을 퍼부어 댔다. 몸에 둘둘 감은 털가죽 망토가 들썩거렸다. 온혈 사람들은 바람에 망토와 겉옷이 날아갈 것을 막기 위해 옷 끝에 돌을 묶기도 했다. 하지만 그렇게 하면 옷이 무거워지면서 걷는 것이 더 어려워졌다. 설피를 신기는 했지만 발이 푹푹 빠져 거북이보다 더 느리게 걷는 상황이었다. 밖에 오래 있으면 추위에 더 많이 노출되기 때문에 여러모로 문제가 많았다. 화길이는 주변을 스치고 지나가는 바람을 느끼며 중얼거렸다.

"이용할 방법을 찾아야겠어."

한공청이 만든다는 비차는 하늘을 날기에는 더없이 적당했다. 하지만 하늘에 뜬 비차를 조종하는 방법 역시 고민해봐야 했다. 어느 사이엔가 앞장서 걷는 두 사람의 목소리를 들으며 화길이는 천천히 발을 움직였다. 뒤에서 쫓아온 바람이 다시 망토를 흔들었다.

지난번 눈사태 이후 여진족의 수는 상당히 줄었지만 여전히 몇몇씩 무리를 지어 돌아다니고 있었다. 조선 사람들 역시 기회가 되면 약탈이나 살인을 주저하지 않았다. 월화는 이따금 걸음을 멈추고 주변을 살폈다. 그러다 뒤따라오는 화길이를 향해 물었다.

"지게가 무거우면 내가 들까?"

"아니야. 빈 지게인데 뭘. 그리고 너는 활이랑 화살을 매고 있잖아."

"그나저나 재료를 가져왔는데도 못 만들어내면 어떡하지? 아무래도 난 그 아저씨한테 믿음이 가지 않아."

"나도! 사기꾼 같아!"

경혜까지 맞장구를 치자 화길이가 웃으며 대답했다.

"내가 필요해서 만들어달라고 하는 거니까 너무 뭐라고 하지 마."

"띄운다고 해도 어떻게 움직일 건데? 새도 아니고 말이야."

때마침 얼어붙은 하늘 위로 새 한 마리가 날아갔다. 세 사람은 자연스럽게 그 모습을 바라봤다. 날개를 활짝 펼친 새는 맞바람을 타 마치 공중에 가만히 떠 있는 것 같았는데, 바람을 버티기 힘들어지자 꼬리를 살짝 위로 올렸다. 그러자 순식간에 위에서 아래로 내려오더니 눈이 쌓인 산자락 너머로 사라져 버렸다. 그런 새를 바라보며 월화가 말했다.

"저렇게 하지 않는 이상 비차를 띄워도 원하는 방향으로 가는 건 불가능해."

화길이는 아버지와의 대화를 떠올렸다.

'불은 이기거나 극복하는 게 아니다.'

'그럼 어떻게 불을 끌 수 있는 건데요?'

'불을 잠재우는 거지. 조용히 말이야.'

'잠재운다고요?'

'그래. 불을 잘 달래서 더 커지지 않게 한 다음에 잠재워야 해. 그래야 불을 끌 수 있단다.'

'너무 어려워요.'

아들의 푸념에 아버지는 검댕이 묻은 콧잔등을 손등으로 훔치며 대답했었다.

'세상에 쉬운 건 없단다. 단지 쉬워 보이는 것이 있을 뿐이지. 그러니까 절대로 섣불리 포기해서는 안 된다.'

아버지와의 대화를 떠올리던 화길이는 다시 하늘을 올려다봤다. 보이지 않는 바람의 움직임이 느껴졌다.

"이기거나 극복하지 말고 잠재워야만 해."

혼잣말하듯 중얼거리는 화길이에게 월화가 무슨 소리냐고 되물었다. 화길이는 아무것도 아니라며 서둘러 발걸음을 뗐지만, 머릿속으로는 비차를 조종할 방법을 떠올리고 있었다. 생각에 빠져 앞으로 걷는 화길이의 설피가 눈을 푹 찍으면서 큼직한 흔적을 남겼다. 더 거세진 바람을 따라 날아갈 것만 같은 머리 위 남바위를 손으로 꼭 쥐며 월화가 투덜거렸다.

"추위는 어떻게든 견뎌보겠는데 이놈의 바람은 영 적응이 안 되네."

"진짜 혼이 나갈 거 같아, 언니."

경혜의 투덜거림은 바람에 섞여 멀리멀리 날아가 버렸다. 세 사람은 눈이 쌓인 산자락을 따라 걷다가 다 쓰러져 가는 초가집을 발견했다. 이를 본 월화가 말했다.

"저기서 잠깐 쉬면서 배 좀 채우고 가자."

"그래."

"이러다가 만포진에 언제 도착하려나 몰라."

월화가 주변을 살피는 가운데 화길이가 죽장도를 뽑아 들고 마당 안으로 들어갔다. 무너진 싸리 담장을 밟고 넘어가 주저앉은 초가지붕을 올려다봤다. 벽이 부서진 틈으로 부엌이 보였다. 가마솥은 진즉에 없어졌지만 그나마 불을 땔 수 있는 아궁이가 남아 있었다. 혹시나 숨어 있는 사람이 있는지 집 안팎을 샅샅이 뒤졌다. 하지만 담벼락이 너무 심하게 부서져서 눈과 바람을 피하기 힘들어 보였다.

화길이는 뒤뜰로 나갔다가 눈 쌓인 토실을 발견했다. 땅을 파고 초가지붕을 씌워 겨울에 채소나 곡식을 보관하는 용도로 쓰는 토실인 만큼 그럭저럭 눈을 피할 수 있을 것 같았다. 살짝 허물어진 입구로 머리를 들이민 화길이는 안에 아무것도 없는 걸 확인한 다음 집 근처를 서성거리는 월화와 경혜에게 외쳤다.

"토실은 멀쩡해!"

주변을 살펴보던 월화가 다가오더니 쓱 안을 돌아봤다.

"다행이네. 얼른 들어가자. 눈이 또 올 거 같아."

세 사람은 토실 안으로 들어갔다. 퀴퀴한 냄새가 나긴 했지만 눈과 바람을 피할 수 있는 것만으로도 큰 행운이었다. 입구 쪽에 앉은 월화가 메고 있던 보따리를 풀었다. 안에는 주먹밥이 들어 있었는데 추위 때문에 돌덩이처럼 얼어 있었다. 경혜가 챙겨 온 송진 덩어리에 부싯돌로 작은 관솔불을 지폈다.

관솔불 앞에 옹기종기 모인 세 사람은 주먹밥이 녹기를 기다리면서 이런저런 이야기를 주고받았다. 월화가 화길이를 바라보면서 물었다.

"왜 그렇게 아버지를 만나려고 애쓰는 거야?"

"살아계시니까. 그리고 돌아오라고 했어."

"세상이 추워지면서 가장 먼저 없어진 게 뭔지 알아?"

주먹밥을 이리저리 굴리면서 녹이던 월화의 물음에 화길이가 고개를 들었다.

"뭔데?"

"가족이랑 약속이야. 날이 추워지니까 살기 위해서 자식의 옷을 빼앗고, 부모의 음식을 빼돌리고, 먹을 걸 찾아오겠다고 떠나서는 돌아오지 않는 사람들이 부지기수야."

"알지, 아주 잘."

"온혈로 들어온 양반들이 늘어나면서 분위기가 많이 뒤숭숭해졌어. 자기들끼리 뭉쳐 다니면서 어깨에 힘을 주고 다니잖아."

"양반들이잖아."

"그건 나라님이 있고, 나라가 멀쩡할 때나 가능한 얘기지. 그리고 온혈에는 양반들이라면 치를 떠는 사람들이 많아. 자칫하다가는 우리끼리 싸움이 벌어질 수도 있단 말이야."

월화의 말에 화길이 고개를 저었다.

"한쪽이 참으면 돼. 그리고 밖에서 그렇게 많은 사람이 죽는 모습을 봤는데 온혈에서 또 싸우겠어?"

"넌 사람을 정말 모르는구나."

다소 가시 돋친 월화의 대꾸에 화길이는 힘주어 대답했다.

"너무 잘 알아. 그래서 싸우고 싶지 않아."

"그러다가 된통 크게 당하고 말 거야."

결국 화길이가 화를 냈다.

"나는 아직도 눈사태에 쓸려간 그들이 떠올라. 수천 명이 한순간에 쓸려가던 모습이 아직도 생생하게 기억난다고!"

"모두를 위한 일이었어. 그때 네가 막아내지 못했다면 우린 지금쯤 얼어붙은 세상을 떠돌거나 살아남지 못했을 거야."

"설사 그렇다고 해도 위안이 안 돼! 그들의 비명이 여전히 귓가에 맴돌고 있거든."

흥분한 화길이의 말을 듣고 있던 경혜가 조용히 손을 잡아줬다.

"오빠가 잘못한 거 아니야. 그러니까 죄책감을 가질 필요 없어."

"알아, 그래도 마음이 그렇지 않아. 그래서 아버지를 모셔오고 싶어."

"그러면 괴로운 문제들이 해결될 것 같아?"

경혜의 물음에 화길이는 고개를 끄덕거렸다.

"그냥 예전으로 돌아가고 싶어. 평화로웠던 그때로 말이야."

경혜는 그런 세상이 반드시 올 것이라며 화길이의 손을 꽉 잡아줬다. 마음의 위안을 얻은 화길이가 따스하게 웃자 지켜보던 월화가 투덜거렸다.

"그런 시대는 다시 오지 않을 거야. 이제는 죽느냐 죽이느냐만 남은 세상이라고."

화길이는 못 들은 척 주먹밥을 씹어 먹었다. 차갑게 뭉친 밥알이 몸을 더 시리게 만들었다.

※

"대군! 위험합니다, 대군!"

부광이가 미친 듯이 외치는 가운데 성창 대군은 저고리 차림으로 눈이 쌓인 언덕을 걸어 내려갔다. 언덕 아래에는 모닥불이 피어 있었고 그 주변에 둘러앉은 사람들이 보였다.

백두산 금구폭포에서 일어난 눈사태에서 간신히 살아남은 이후 부광이는 성창 대군을 따라다녔다. 화길이를 배신하고 따르던 여진족 대족장 타이샨과 부하들은 눈사태에 쓸려가 버렸다. 할 수 없이 성창 대군을 따랐지만 오래 지나지 않아 후회가 밀려왔다. 성창 대군은 타고난 성품이 거칠고 난

폭한 데다가 남을 전혀 생각하지 않았고, 부하들을 모두 잃은 충격 때문인지 더욱 괴팍해졌다. 자신이 왕위에 오르면 모조리 죽여버리겠다고 큰소리를 치고, 만나는 사람마다 복종할 것을 강요했다. 그리고 자신을 실패의 구렁텅이로 몰아넣은 화길이에게 어떻게든 복수하겠다고 중얼거렸다. 부광이는 자신이 화길이와 함께했었다는 사실을 숨겨야만 했다.

추위를 느끼지 않는 성창 대군의 능력은 정말 놀라웠지만 그것으로는 세력을 다시 일으킬 수 없었다. 가능성이 없다는 사실을 깨달을수록 성창 대군은 더욱더 난폭해졌다. 한참을 달려가던 성창 대군이 돌연 멈추더니 지나온 자기 삶에 대해 이야기했다.

"남들은 내가 대군이라고 부러워했지만 나의 삶은 상처투성이였지. 큰아버지가 왕이 되면서 내 아버지는 그야말로 숨만 쉬는 삶을 사셔야만 했다. 큰 소리 한 번 내지 못한 아버지는 주색에 빠져 지냈지. 아버지의 삶을 내가 그대로 이어받았다. 높다란 담장 너머의 삶은 꿈도 꾸지 못했어. 가끔 누군가 찾아오면 아프다는 핑계로 거절하기 바빴단다."

"그래도 먹고살 걱정이 없으면 된 거 아닙니까? 그 담장 밖에는 당장 다음 끼니를 해결하지 못해서 전전긍긍하는 사람들이 한둘이 아니었습니다."

"배고픔보다 더 고통스러운 삶이 있단다. 그러다가 기회가 찾아왔지. 큰아버지의 폭정에 맞서 둘째 큰아버지가 반정을 일으킨 거야. 그걸로 한시름 돌렸다고 생각했지만 오판이었어. 둘째 큰아버지는 훨씬 더 의심이 많았거든. 거기다 후사를 아주 늦게 보셨지. 덕분에 장성한 나에게로 사람들의 시선이 쏟아졌어. 소위 반정공신들은 그걸 아주 불편하게 여기더군. 그즈음에 아버지가 돌아가셨고, 나는 뜬금없이 명나라에 책봉사로 가게 되었어. 사절단을 이끌고 가라는 어명을 받고 속으로 안심했지. 나는 살 수 있겠다고 생각한 거야. 그래서 명나라에 가서 최선을 다했고, 반정으로 즉위한 둘째 큰아버지의 책봉을 받아내는 데 성공했단 말이야. 하지만 돌아왔더니 역모를 꾸몄다는 누명이 씌워지더군. 다행히 책봉을 받은 공로를 인정받아서 그나마 목이 붙은 채로 동래로 유배를 가게 되었지."

미친 듯이 웃던 성창 대군이 말을 이었다.

"얼마 지나지 않아 선전관이 들이닥쳐서는 사약을 주더구나. 한탄하면서 마시고 방에 들어가 누워 죽음을 기다리는데 선전관이 집에 불을 놓더군. 너무 억울해서 칼을 뽑아 들고 나가서 닥치는 대로 베고 찌르고 하였는데 갑자기 하늘에서 눈이 내렸어. 한여름에 말이야."

눈발이 내리는 회색빛 하늘을 올려다보던 성창 대군이 두 팔을 활짝 펼친 채 말했다.

"왕이 보낸 선전관을 죽였으니 조선 하늘 아래에서는 살 수 없을 것이라 벌렁 누워 죽음을 기다렸지. 방금까지는 불타서 죽을 뻔했는데 한여름에 얼어 죽는 것도 나쁘지 않다고 생각하면서 말이야. 그런데……."

성창 대군은 잠시 뜸을 들였다.

"아무리 누워 있어도 추위가 느껴지지 않더구나. 전혀."

이미 여러 번 들었기 때문에 더 이상 궁금하지는 않았지만 부광이는 장단을 맞춰주려 일부러 물었다.

"어찌 그게 가능한 겁니까?"

"생각해 보았지. 이렇게 얼어붙은 세상에서 추위를 느끼지 않는다는 건 내가 이 세상을 지배할 사람으로 선택되었다는 뜻이 아니겠느냐고 말이야."

호탕하게 웃는 성창 대군 앞에서 부광이는 소름이 돋았다.

'완전히 미친놈이네.'

지금이라도 떠나고 싶었지만 그랬다가는 성창 대군에게 무슨 해코지를 당할지 알 수 없었다. 게다가 딱히 갈 곳도 없었다.

성창 대군은 눈 쌓인 산실 아래 모닥불 주위에 모여 있던 무리에게 고함을 치며 다가갔다. 구운 고기를 뜯어 먹고 있던 그들은 갑자기 나타난 성창 대군을 보고 입을 다물지 못했다. 성창 대군은 한 사람씩 얼굴을 바라보다가 누군가를 향해 손가락질했다.

"너는……!"

손가락질당한 남자가 고개를 돌렸다. 털모자와 옷을 몇 겹이나 껴입고 있어 덩치가 커 보이는 남자의 얼굴은 동상으로 인해 푸르스름했다. 반면 저고리와 바지 차림의 성창 대군은 하얀 피부를 지니고 있어서 두 사람의 모습이 더욱 대비되어 보였다. 때마침 불어온 바람에 성창 대군이 입고 있던 저고리가 깃발처럼 펄럭거렸다. 다시 성창 대군이 칼날 같은 목소리로 외쳤다.

"원래 내 부하가 아니었느냐? 그런데 왜 주군을 보고도 그대로 서서 멀뚱하게 바라보고 있는 것이냐? 얼른 무릎을 꿇어라!"

눈이 쌓인 바닥 위에서 쾅쾅 발을 구르며 호통 치는 성창 대군을 보고 남자는 처음에는 당황해하다가 이내 웃음을 지었다. 씹고 있던 고기를 땅에 뱉어낸 남자는 성창 대군을 향해 소리를 질렀다.

"그래, 맞다! 난 중강진 소속의 군인이었고, 당신을 따랐지. 따뜻한 곳에 데려다주겠다는 얘기를 믿고 말이야. 그런데 당신은 툭하면 부하들을 괴롭히고 처형했지. 함께 따라온 동료도 당신 때문에 차가운 물을 몇 바가지나 뒤집어쓰고 얼어 죽었어. 내 목숨만이라도 구하려고 도망쳤지. 얼마 후에 눈사태로 다 죽었다고 들었는데 당신은 살아남았군."

"세상은 날 죽일 수 없어! 이 빌어먹게 추운 날씨도! 날 믿지 못하는 너 같은 놈들도!"

두 팔을 벌리며 외치는 성창 대군을 향해 남자도 지지 않고 목소리를 높였다.

"그런데 말이야. 너도 창과 칼에는 피를 흘리고 고통스러워하더군. 그런 자기 모습을 누가 봤을까 봐 엄청 신경 쓰던데? 그러니까 넌 추위를 견디는 능력이 있는지는 모르겠지만 창칼까지 막지는 못해. 아닌가?"

부광이는 처음으로 성창 대군이 당황하는 모습을 봤다. 사실 강추위에도 얼어 죽지 않는다는 능력이 있어서 상처 하나 입지 않는 몸일 것이라 추측했었다. 그런데 그게 아니라는 사실에 놀라기도 했고 당황하기도 했다. 그사이에 남자는 털모자를 벗어 던지고는 동료들에게 말했다.

"너희들, 조선 대군의 살 맛 좀 볼래?"

부광이는 그때야 모닥불 근처에 나뒹굴고 있는 뼈들을 봤다. 동물의 뼈인 줄 알았는데 자세히 보니 사람의 뼈였다. 놀란 부광이는 성창 대군의 팔을 잡았다.

"대, 대군! 저놈들이 먹는 건 사람입니다."

"나도 안다! 내가 뼈도 구분 못 할 줄 알아?"

"위험합니다. 피하셔야 합니다."

"어디로? 저놈들한테서까지 피한다면 이 세상에 내가 갈 곳이 어디 있다고!"

부광이의 팔을 뿌리친 성창 대군이 무기를 쥐고 다가오는 그들을 향해 외쳤다.

"무릎을 꿇고 새로운 세상의 주인을 섬겨라! 그러면 너희에게도 영광을 나눠주겠다."

성창 대군의 말에 남자가 코를 훌쩍거리며 대꾸했다.

"영광은 개뿔! 너는 세상 모든 것을 독차지할 놈이야!"

틀린 말이 아니라서 부광이는 하마터면 고개를 끄덕거릴 뻔했다. 남자의 지시에 그의 동료들이 다가와 성창 대군과 부광이를 붙잡아 모닥불 쪽으로 질질 끌고 갔다. 남자는 모닥불 옆에 있던 날카로운 칼을 집어 성창 대군의 눈가에 가져다 댔다.

"눈깔부터 파줄까? 아니면 손가락부터 하나씩 잘라줄까?"

"지금이라도 늦지 않았다! 나에게 복종하면 예전 일을 잊고 살려주마."

남자가 누런 이빨을 드러내며 웃었다.

"주변을 보라고. 여기 어디에 왕실이 있고, 권위가 있어. 여긴 그냥 하얀 연옥이야. 신분도 없고, 정의도 없어. 그냥 죽지 못해 사는 것뿐이라고. 이런 곳에서 왕 노릇을 하면 누가 알아준대?"

남자의 처절한 외침에 다들 고개를 끄덕거렸다. 같이 붙잡힌 부광이는 그들이 조선 사람과 여진족이 섞인 무리라는 걸 알아차렸다. 부광이의 눈빛을 본 남자가 말했다.

"왜? 조선 사람이 야인이랑 다니니까 이상한가?"

부광이가 아무 대답도 하지 못하자 남자는 쪼그리고 앉아 부광이를 바라봤다.

"우린 버림받았어. 그래서 우리끼리 힘을 합쳐 살아남았지. 사람을 사냥하려면 이 정도는 있어야 해. 어때? 너도 끼워줄까?"

부광이는 성창 대군을 힐끔 바라봤다. 그에 대한 충성심보다는 사람을 먹으면서까지 살고 싶지 않다는 생각이 더 컸기에 고개를 저었다. 남자는 얼굴을 찡그린 채 자리에서 일어났다.

"대단한 충성심이로구나. 너는 특별히 저놈을 죽인 다음에 죽여주마."

히죽 웃어 보인 남자가 칼을 든 채 무릎이 꿇려진 성창 대군에게 다가갔다.

"대군 나리! 제가 특별히 고통스럽게 죽여드리지요."

성창 대군은 남자가 들이민 칼이 눈앞까지 다가왔음에도 무서워하거나 고개를 돌리지 않았다. 오히려 서늘하게 웃으면서 남자를 노려봤다. 이제 끝이라고 생각하는 순간, 부괭이의 귀에 낯선 소리가 들렸다.

"이건?"

새가 우는 소리라고 생각해서 하늘을 올려다봤지만 아무것도 보이지 않았다. 아니, 그렇다고 생각한 순간, 얼어붙은 하늘을 뚫고 화살이 떨어졌다. 큰 화살의 끝에는 얼룩덜룩한 새의 깃이 달려 있었다. 뒤이어 또다시 날아온 화살이 바로 옆자리에 박혔다.

모두가 화살이 날아온 쪽을 쳐다봤다. 추운 바람과 얼음이 섞여 마치 안개 같은 것이 둘러쳐진 것 같았다. 눈과 바람을 피하기 좋게 양쪽이 산으로 둘러싸인 좁은 협곡이라 그런지 더 무시무시한 느낌이 들었다.

남자는 칼을 단단히 움켜쥔 채 멍하니 허공을 응시했다. 잠시 후, 나팔 소리 같은 것이 들려왔다. 차갑게 얼어붙은 공기를 뚫고 들려오는 웅장한 소리에 다들 정신을 차리지 못했다. 곧 눈보라가 만들어낸 안개를 뚫고 어마어마한 대열의 군대가 나타났다. 선두에는 말을 탄 기병들이 있었고, 뒤로는 털가죽을 두른 보병들이 모습을 보였다. 그리고 거대한 수레에는 천막이 실려 있었다.

너무나 비현실적인 광경에 남자와 그 무리는 그대로 굳었다. 코앞까지 다가온 행렬은 날카로운 외침과 함께 멈춰 섰다. 중간에 눈보라가 몰아치는 기묘한 대치는 한동안 이어지다가 기병 하나가 앞으로 나오면서 정적을 깨뜨렸다. 눈처럼 흰 말을 탄 기병은 채찍을 든 손을 흔들며 뭐라 외쳤다. 부광이는 전혀 알아들을 수 없었다. 타이샨의 휘하에 들어가면서 제대로 듣게 된 여진어와도 달랐기 때문이다. 하지만 성창 대군은 무슨 소리인지 금방 알아차렸다.

"한어야."

"네? 한어요?"

부광이의 반문에 성창 대군이 여유만만하게 웃으며 대답했다.

"명나라에 가기 위해 한어를 공부한 적이 있어서 잘 알아. 저건 한어야, 한어."

"명에서 추운 여기까지 왜 온 겁니까?"

부광이의 질문에 성창 대군이 대답하려는 찰나, 앞으로 나온 기병이 칼을 겨눈 채 조선말로 소리쳤다.

"대명제국 연왕부 요동 군왕의 행차시다. 물러나 예의를 갖춰라!"

그 말을 들은 남자가 칼을 든 채 외쳤다.

"명나라가 여기까지는 어떻게 오신 건가? 거기도 여기처럼 얼어붙었나?"

"무엄하구나. 감히 번국의 백성이 예의를 차릴 줄 모르다니!"

기병은 칼을 높이 뽑아 들고는 말을 달려와서는 단숨에 남자의 목을 쳐버렸다. 너무 순식간이라 다들 지켜보고만 있었다. 잘린 목이 하얀 눈 위를 데굴데굴 굴러가면서 붉게 피로 적셨다.

칼을 흔들어 피를 털어낸 기병이 짧게 외쳤다. 그러자 창을 든 병사들이 다가왔다. 남자의 무리는 황급히 도망치려 했지만 말을 탄 기병이 더 빨랐다. 삽시간에 다가온 기병이 칼을 휘두르자 남자의 무리는 피를 뿌리며 눈 위로 쓰러졌다. 동료들이 쓰러지는 것을 본 자들이 무기를 버리고 무릎을 꿇은 채 살려달라고 애원했다. 하지만 기병은 냉소적으로 대꾸했다.

"어리석은 자들은 죽음으로써 그 대가를 치르는 법이지."

방패와 창을 든 병사들이 다가와 그들을 남김없이 죽였다. 고통스러운 신음 소리는 계곡에 몰아닥치는 바람이 집어삼켰다. 말에서 내려 죽은 자들을 확인하고 지시를 내리던 기병이 숨죽이고 있던 성창 대군과 부광이에게 다가왔다. 챙이 넓은 투구에, 가슴에는 작은 거울판 같은 것이 붙은 갑옷을 입고 있었다. 그의 칼끝이 성창 대군의 목을 겨눴다.

"이런 강추위에 저고리 차림이라니? 미친 것이냐? 아니면 스스로 죽음을 선택한 것이냐?"

"요동 군왕을 만나고 싶소. 알현토록 해주시오."

성창 대군의 대답을 들은 기병이 코웃음을 쳤다.

"미개한 조선 놈 주제에 감히 요동 군왕의 이름을 입에 올리다니, 죽고 싶어 환장을 한 게로구나!"

기병이 또 한 번 칼을 높이 치켜든 순간, 성창 대군이 한어로 뭐라 외쳤다. 그러자 기병은 깜짝 놀란 표정을 지었다. 몇 마디 대화를 더 주고받은 후, 기병은 칼을 도로 칼집에 집어넣고 돌아섰다. 남자의 무리를 학살한 병사들이 두 사람을 둘러쌌다. 옆에서 지켜보던 부광이가 물었다.

"뭐라고 하신 겁니까?"

"내가 성창 대군이고, 요동 군왕을 만난 적이 있다고 했지. 그리고 그의 이름과 생김새를 말했다."

성창 대군은 눈밭 위에 서 있는 행렬을 지그시 바라보며 말을 이었다.

"새로운 동맹 세력이 생긴 것이지."

잠시 후, 기병이 돌아왔다. 그리고 성창 대군 앞에 한쪽 무릎을 꿇더니 주위의 병사들에게 눈짓을 했다. 병사들이 성창 대군과 부광이를 일으켜 세웠다.

"요동 군왕께서 부르십니다. 간단한 몸수색을 할 것이니 무기를 가지고 있으면 미리 말씀하십시오."

"없다. 하지만 살펴보는 걸 허락하겠노라."

가볍게 고개를 숙인 그가 한어로 지시를 내리자 병사들이 성창 대군과 부광이의 몸을 수색했다. 그리고 아무것도 없다는 뜻으로 추정되는 대답을 하자 기병이 옆으로 물러났다.

"저는 요동 군왕을 모시는 총관 남태유라고 합니다. 같이 있는 자는 가동입니까?"

"그렇다네."

짧게 대답한 성창 대군이 자신을 총관이라고 소개한 자를 따라 걸어갔다. 어정쩡하게 서 있던 부광이도 뒤를 따랐다. 서서히 행렬의 규모가 눈에 들어왔다. 최소한 수십 기의 기병들과 수백 명의 보병들, 그리고 그 뒤로 따르는 자들의 수가 적지 않았다. 말과 소가 끄는 수레들 중에서도 특히 눈에 띄는 것이 있었는데, 천막이 쳐진 그 수레는 한눈에 봐도 크고 튼튼해 보였다. 천막 뒤쪽으로는 굴뚝 같은 부분에서 연기가 피어오르고 있었다. 그걸 본 부광이가 성창 대군에게 슬쩍 말했다.

"대군! 굴뚝에서 연기가 납니다. 안에서 불을 피우고 있는 걸까요?"

"아마도."

짧게 대답한 성창 대군은 수레에 오르는 계단을 밟고 올라섰다. 천막 입구를 지키던 병사가 옆으로 물러났다. 안으로 들어가자 추위를 막기 위해서인지 가죽으로 만든 가림막이 하나 더 있었다. 그것까지 걷고 들어선 부광이는 저도 모르게 중얼거렸다.

"따뜻해."

세상이 추워진 이래 처음 느끼는 온기였다. 천막 한쪽에 있는 아궁이처럼 생긴 곳에서 불이 활활 타고 있었다. 얇은 옷을 입은 젊은 여성이 그 옆에 무릎을 꿇고 앉아서는 잘게 쪼갠 장작을 하나씩 넣으며 온기를 유지하는 중이었다. 또 그 옆에는 차양이 쳐진 탑상이 보였다. 탑상 안에 누군가 비스듬하게 앉아 있었다. 남태유가 조심스럽게 한어로 뭐라 말했다. 탑상 안에서 웅얼거리는 목소리가 들리자 남태유는 고개를 숙인 채 물러났다.

그가 옆에 매달린 줄을 잡아당기니 잠시 후, 덜컹거리는 소리와 함께 수레가 움직였다. 아궁이 옆에 있던 젊은 여성이 탑상 쪽으로 다가와 그 앞에 무릎을 꿇고 엎드렸다. 그리고 조심스럽게 차양을 걷었다. 탑상 안을 바라보던 성창 대군은 깜짝 놀란 표정을 지었다.

"아니!"

※

세 사람은 다시 눈길을 걸어 목적지에 도착했다. 눈이 쌓인 기와집을 보며 화길이가 쓸쓸한 표정으로 말했다.

"저런 고래 등 같은 기와집도 추위는 못 버텼네."

"집이 크면 뭐 해? 장작이 없으면 버틸 재간이 없잖아."

시큰둥한 월화의 대답에 화길이는 고개를 끄덕거리며 집을 향해 다가갔다.

"담장이랑 대문에 표창 같은 게 잔뜩 꽂혀 있어."

경혜의 말대로 담장과 대문에는 끝이 뾰족한 나무들이 잔뜩 꽂혀 있었다. 솟을대문의 기와는 돌에 맞아 금이 가고 모서리가 깨져 있었다. 이를 본 화길이가 말했다.

"식량을 약탈하러 온 사람들을 막으려고 했나 보네. 그래 봤자 소용없었겠지만 말이야."

"어리석은 짓이지. 저걸 만들었던 나무를 장작으로 썼으면 그나마 며칠은 따뜻하게 보냈을 텐데 말이야."

혀를 차던 월화가 담장을 따라 걷다가, 허물어진 곳을 발견하고는 걸음을 멈췄다.

"여기로 넘어가자."

화길이가 먼저 담장을 넘어 주변을 살펴보고는 아무도 없다고 알렸다. 경혜와 월화도 따라 넘어갔다.

담장 안에는 사랑채가 요새처럼 버티고 있었다. 문들은 모두 박살이 났고, 일부는 불에 타 있었다. 침입자나 집 안에 있던 사람이 불을 지른 것 같았지만 추운 날씨와 찬 바람 덕분에 불이 크게 번지진 않은 듯했다. 사랑채의 기둥에는 도끼질한 흔적이 보였다.

설피를 신은 채 대청으로 올라간 화길이는 무심코 사랑채 안을 들여다봤다가 깜짝 놀랐다. 병풍이 사라진 벽을 등진 채 정자관을 쓰고 심의를 입은 나이 든 남성이 보료 위에 똑바로 앉아 안석에 기댄 채 죽어 있었다. 입고 있는 심의는 죽은 이후에 누군가 벗겨 가려고 했는지 찢기고 구겨져 있었다. 방 모서리에는 환도 한 자루가 세워져 있었다. 살짝 숙인 그의 얼굴에는 추위에 시달린 흔적이 역력했다. 뒤따라 들어온 월화가 그 모습을 보고는 한마디 했다.

"그래도 양반답게 죽었네."

방 안을 대충 살펴본 월화가 나갔다. 혼자 남은 화길이는 방석 위에 앉아 얼어 죽은 양반을 물끄러미 바라보다가 밖으로 나갔다. 부엌을 뒤지던 경혜는 먹을 게 하나도 없다고 툴툴거리며 나왔다. 월화가 안채와 이어진 문을 바라봤다.

"안채 뒤쪽에 사당이 있다고 했어."

"가보자."

"잠깐만."

월화가 안채로 이어진 문 앞에 서서 밑을 바라봤다. 그러다가 화살 하나를 꺼내 문턱을 이리저리 꾹꾹 쑤셔댔다. 이를 지켜보던 경혜가 물었다.

"언니, 뭐 해?"

월화가 잠깐만, 대답하고는 계속 쑤셔대는데 갑자기 문 위에서 칼이 툭 떨어졌다. 방울도 함께 매달려 있어서 요란한 소리가 났다.

"엄마야!"

놀란 경혜가 화길이 뒤에 숨었다. 문 위에서 뚝 떨어진 칼에는 새끼줄이 연결되어 있어서 대롱대롱 매달린 채 흔들거렸다. 화살을 도로 집어넣고 흔들거리는 칼을 한 손으로 잡은 월화가 두 사람에게 말했다.

"내가 구해준 사람이 여기에 함정이 있다고 알려줬어."

"아무것도 모르고 들어갔다가는 머리에 칼이 꽂혔겠네."

월화는 칼로 끊어낸 새끼줄을 팔에 둘둘 감으면서 말했다.

"경고 신호라고도 했어."

"무슨 경고?"

"방울 소리가 들리면 안채까지 침입자가 들어온다는 뜻이니 자결하라고 말이야."

"누구한테?"

"여자들이지 누구겠어."

딱 잘라 말한 월화가 칼에 매달린 방울을 뜯어 바닥에 내동댕이치고는 안채로 들어갔다. 두 사람도 조심스럽게 발걸음을 옮겼다. 항아리들이 모여 있는 마당이 보였는데 하나같이 깨져 있었다. 마당 너머에는 안채가 있었다. 역시 문짝들이 모두 뜯겨 나갔고 불탄 흔적들이 남아 있었다. 굳은 표정의 월화가 화길이를 돌아봤다.

"저기 옆쪽이 사당이야. 그 안에 종이들이 있다고 했으니까 가서 꺼내와. 나는 안채를 살펴볼게."

"그래."

화길이는 지게를 짊어진 채 안채 옆에 있는 쪽문으로 다가갔다. 문짝이 사라진 쪽문 안으로 돌계단이 보였다. 그 위에 눈에 반쯤 파묻힌 사당이 자리 잡고 있었다. 화길이는 사당 문에 걸린 커다란 자물쇠를 죽장도로 내리쳐 떨어뜨렸다. 그리고 조심스럽게 문을 열자 쾨쾨한 종이 냄새가 풍겼다. 옆에 있던 경혜의 눈이 휘둥그레졌다.

"와! 진짜 많네."

사당 한복판에 아무런 글씨도 쓰여 있지 않은 새 종이가 가득 쌓여 있었다. 화길이는 조심스럽게 지게를 내려놓고서 안으로 들어갔다. 세상이 추워지고 난 이후에 땔감이 될 만한 것들은 모두 사라졌다. 그런데 이곳에는 땔감으로 쓸 만한 것들이 많이 남아 있었다. 사당 안을 한 바퀴 돌아본 화길이가 말했다.

"나중에 와서 땔감으로 쓸 만한 것들을 거둬가야겠어."

"좋은 생각이긴 하지만, 어떻게 운반하려고? 여러 명이 들고 가야 하는데 왔다 갔다 이틀은 걸릴 거 같아."

"그러네. 뭔가 방법을 찾아봐야겠어."

화길이의 말에 경혜가 물었다.

"이상한 아저씨가 만든다는 비차로는 운반이 힘드려나?"

화길이는 고개를 저었다.

"사람도 겨우 태워서 날 거 같아. 무거운 나무나 돌은 어려울 거야."

"방법이 없네. 이제 온혈도 사람이 많아져서 이것저것 필요한 게 많은데."

화길이는 종이를 챙기기 시작했다. 사당 밖에 세워놓은 지게에 차곡차곡 올려놓자 경혜가 다가와서는 챙겨 온 새끼줄로 둘둘 감았다. 그런 식으로 몇 번이고 종이를 쌓고 둘둘 감자 지게는 금방 묵직해졌다. 남아 있는 종이들을 최대한 챙겨서 저고리 안에 쑤셔 넣은 화길이가 지게를 멨다. 옆에 있던 경혜가 추위에 얼어붙은 손을 호호 불며 물었다.

"오빠, 안 무겁겠어?"

"종이라서 괜찮아. 이제 내려갈까?"

화길이는 경혜의 손을 잡고 사당의 돌계단을 내려왔다. 안채에서는 월화가 솜이불 두 채를 둘러메고 밖으로 나오는 중이었다. 화길이가 조심스럽게 물었다.

"안채는 어때?"

"은장도로 서로의 목을 찔렀어. 치욕을 당하느니 죽겠다고 마음먹은 모양이야."

월화의 말을 들은 경혜가 짜증을 냈다.

"어떻게든 악착같이 살아남아야지. 왜 저렇게 쉽게 죽는 거야?"

"양반이니까. 신분이 사라지고, 아랫것들이 눈을 치켜뜨고 서 자기를 보는 세상을 견딜 수 없었던 거겠지."

"그렇다고 하나밖에 없는 목숨을 버리다니, 진짜 이해가 안 가."

"그들이 사는 세상은 우리랑 다르니까 그러겠지. 종이는 많이 챙겼어?"

월화의 물음에 화길이는 종이가 잔뜩 쌓인 지게를 힐끔 바라보며 대답했다.

"충분히."

"어서 움직이자. 잘하면 만포진에서 죽궁까지 챙길 수 있을 거 같아."

앞장을 선 화길이가 사랑채 쪽을 한번 쳐다보는데, 문득 든 생각이 있었다.

"환도가 있었지."

"뭐라고?"

월화의 물음에 화길이가 사랑채를 가리켰다.

"저기에 환도가 한 자루 있어. 가서 챙겨올게."

"어서 갔다 와."

지게를 내려놓은 화길이는 대청으로 올라갔다. 방으로 들어가서 환도를 챙겨 막 돌아서려는데 뭔가 이상한 기분이 들었다.

"뭐지?"

멈춰 선 화길이가 방 안을 살펴봤다. 정자관을 쓴 채 얼어 죽은 양반을 포함해 모든 게 그대로였다. 고개를 갸웃거리던 화길이는 발걸음을 떼는 순간 이상한 느낌의 정체를 알아차렸다.

"어? 고개가."

정자관을 쓴 채 앉아서 얼어 죽은 양반의 고개가 아까보다 더 들려 있었다. 화길이는 천천히 한쪽 무릎을 꿇고 양반의 얼굴을 바라봤다. 꽁꽁 얼어붙은 얼굴에는 핏기 하나 보이지 않았다.

"왜 들려진 거지?"

얼어 죽은 시신들은 나무토막이나 얼음보다 더 딱딱하게 굳어 쉽게 움직일 수 없었다. 그런데 분명히 고개가 들린 상태였다. 이미 죽은 시신이라 스스로 움직였을 리도 없었다.

"대체……."

말을 잇지 못한 채 지켜보던 화길이는 저도 모르게 오소소 돋는 소름에 얼른 자리에서 일어났다. 허둥지둥 나오는 화길이를 본 월화가 물었다.

"안에 뭐가 있어?"

"아, 아니야, 아무것도. 어서 가자."

지게를 멘 화길이는 서둘러 움직였다. 죽음에서 돌아온 존재가 자신들을 공격할 것만 같은 끔찍한 상상에서 벗어나기 위해서는 이 불길하고 이상한 장소를 뜨는 수밖에 없었다. 화길이는 뒤따라 나오는 월화와 경혜를 부축하면서 사랑채 쪽을 힐끔 바라봤다. 당장이라도 정자관을 쓴 양반이 자신의 안식을 방해한 세 사람을 무자비하게 공격할 것만 같았다. 다행히 모두가 담장을 넘어갈 때까지 사랑채에서는 아무런 움직임이 없었다. 등 뒤에서 싸늘하고 서늘한 바람이 마치 화길이와 일행을 쫓아내듯 불어왔다.

※

"대군, 그동안 잘 지내셨습니까?"

차양 안에는 근엄한 요동 군왕이 아니라 젊은 여성이 앉아 있었다. 옷차림은 남자였지만 나이는 아무리 많이 잡아도 이십 대 초반을 넘기지 않을 것 같았다. 잠시 당황했던 성창 대군은 가까스로 정신을 차렸다.

"내가 아는 요동 군왕이 아닌 거 같은데, 당신은 대체 누구이기에 요동 군왕을 자처하는 거요."

"예전에 책봉사로 오셨던 적이 있었지요? 그때 인사드렸던 기억이 납니다. 아버지 품에 안겨서 말입니다."

이야기를 들은 성창 대군은 깜짝 놀랐다.

"그러면 당신이!"

"요동 군왕 주고근의 딸 주량지입니다. 지금은 제가 요동 군왕이지요."

얼떨떨해하던 성창 대군은 고개를 끄덕거렸다.

"내가 나라에 죄를 지어 유배를 당한 탓에 요동의 사정을 잘 몰랐소이다."

"소식은 건너 들었습니다. 동래로 유배되셨다지요?"

주량지의 물음에 성창 대군은 쓴웃음을 지었다.

"사냥이 끝나면 사냥개는 솥으로 들어가야 할 운명이니까요."

"그 운명이 날씨 때문에 바뀌었군요."

"그런 셈이오. 명나라도 상황이 비슷합니까?"

성창 대군의 물음에 주량지는 잠시 생각하다가 고개를 까딱거렸다.

"조정은 소식이 끊긴 지 좀 되었고, 막북은 추위로 인해 이 민족들이 몰살당했다고 하였습니다. 우리 요동부 역시 추위로 인해 큰 타격을 받았고요."

"그래도 이렇게 대오를 유지하는 걸 보니 준비를 철저히 한 모양입니다."

"추위가 오자마자 가지고 있는 은을 풀어 장작과 식량을 사들인 덕분이지요. 대군은 그동안 무슨 일을 겪으셨습니까?"

"어지러워진 세상을 바로잡기 위해 군대를 일으켰소이다. 하지만 하늘이 도와주지 않아서 이렇게 종자 하나만 둔 채 살아남았지요."

씁쓸한 표정을 지은 성창 대군을 물끄러미 바라보던 주량지가 고개를 갸웃거렸다.

"조선의 도읍은 한양이 아닙니까? 그런데 왜 조선의 변방인 이곳에 계시는 것입니까? 사실 성창 대군이라는 이름을 듣고 믿기지 않아서 부른 것입니다."

"여기 백두산이 장차 조선의 중심지가 될 것이라 이곳으로 온 것이오. 그나저나 요동 군왕께서는 왜 요동부를 놔두고 이곳으로 오신 겁니까?"

성창 대군이 역으로 묻자 주량지가 대답했다.

"새외의 이민족들이 몰려왔고, 조정으로 가는 길은 끊긴 지 오래였습니다. 그래서 번국인 조선으로 온 것이지요. 한양으로 가서 배를 타고 북경이나 남경으로 갈 생각이었습니다."

"왕실은 제주도로 몽진을 떠난 지 오래요. 그리고 한양 역시 추위로 인해 망가질 대로 망가졌고 말이오."

주량지가 눈살을 찌푸렸다.

"제주도라는 곳은 따뜻합니까?"

"모르오. 하지만 온 세상이 추워졌는데 그곳이라고 멀쩡하겠소?"

"재작년에 아버지가 돌아가시고, 집안에 평지풍파가 일었습니다."

"평지풍파요?"

"아시다시피 아버지는 자식들이 많으셨으니까요. 요동 군왕의 자리를 두고 다툼이 좀 있었고, 올봄에서야 겨우 정리가 되었습니다."

"당신이 이겼단 말이오?"

"뭐, 그런 셈이지요. 지나간 일들은 굳이 따질 이유가 없으니까요."

대수롭지 않다는 듯 넘어가는 그녀의 말에서 짙은 피 냄새를 맡은 성창 대군은 쓴웃음을 지었다. 명나라나 조선이나 권력 다툼을 벌이는 것은 똑같다는 생각이 들었다. 그런 성창 대군의 속마음을 읽었는지 주량지도 비슷하게 웃었다.

"세상일은 다 비슷비슷하지 않습니까? 그나저나 한어가 더 느신 것 같습니다."

"유배지에서는 할 일이 없으니까요."

"아직 중요한 대답을 안 해주셨습니다, 대군."

"무슨 대답을 원하시오?"

"왜 한양이 아니라 이곳에 계시는지 말입니다."

"따뜻한 땅이 이곳에 있기 때문이오."

주량지의 표정이 바뀌었다.

"따뜻한 땅이라니요?"

"백두산은 화산이라 땅이 따뜻하고 뜨거운 물이 나옵니다."

"그건 저도 들었습니다."

"금구폭포 근처에 수천 명은 너끈히 품을 수 있는 따뜻한 땅이 있소. 사시사철 열기가 있어 눈이 쌓이지 않고, 사방이 절벽에 둘러싸여 있어 찬 바람도 들이닥치지 않는 곳이지요."

"지금도 그렇습니까?"

"세상이 얼어붙은 이후에는 가본 적이 없소. 하지만 거긴 예전부터 눈도 쌓이지 않고 한겨울에도 가볍게 입고 다닐 정도로 따뜻한 곳이었다오."

대화를 나누고 나서 처음으로 주량지가 탑상 밖으로 나오더니 화로 옆에 있는 작은 문으로 나갔다. 성창 대군이 따라 나가자 그곳은 수레의 뒤쪽이었다. 무리를 지어 걷는 병사들이 보였다. 어깨와 투구 위로 눈이 잔뜩 쌓여 있었다. 모두가

지칠 대로 지친 표정이었다. 그 모습을 본 성창 대군이 주량지에게 말했다.

"자고로 아랫것들은 먹을 것과 잠잘 곳을 챙겨주지 않으면 딴마음을 품게 마련이지요."

"요동부의 병사와 백성들은 모두 충성스럽습니다."

"세상에는 질서라는 게 존재하지요. 하지만……."

하늘을 올려다본 성창 대군이 흩날리는 눈을 보면서 덧붙였다.

"이 빌어먹을 눈이 내리면서 모든 질서가 사라졌소. 이제 세상이 달라졌지요."

"달라진 세상에서 살아남으려면 그 따뜻한 땅이 필요하겠군요. 대군과 저 모두에게 말입니다."

"얼마나 남았소?"

성창 대군의 물음에 주량지가 대답 대신 한쪽 손을 들어올렸다. 그러자 따라오던 병사들이 일제히 주먹을 치켜든 채 함성을 질렀다. 얼어붙은 세상을 깨버릴 듯한 우렁찬 목소리를 들은 주량지가 말했다.

"식량은 보름 치가, 장작은 열흘 정도 쓸 게 남았습니다."

"여기서 남쪽으로 사십 리쯤 더 가면 내가 병사들을 이끌고 머물렀던 갑산진이라는 곳이 있소."

"거기에 식량이 있습니까?"

"식량은 거의 없지만 장작으로 쓸 만한 나무들은 충분히 있소이다. 거기에 성을 지으려고 나무들을 모아 땅속에 묻었거든요."

"얼마나 됩니까?"

"백 그루는 넘으니까 아껴 쓰면 닷새는 가능할 거요."

"사십 리면 이틀 정도 걸리겠군요. 거기서 장작을 얻으면 대략 열흘 조금 넘는 시간을 벌 수 있고 말입니다."

"거기서 백두산까지는 일주일이면 도달할 수 있소."

자신 있게 대답하는 성창 대군에게 주량지가 물었다.

"그런데 제가 대군의 말을 믿어야 할 이유가 있습니까?"

성창 대군은 조금 전의 주량지처럼 병사들을 바라봤다.

"아직은 식량과 장작이 있어서 당신을 따르고 있지만 둘 다 떨어지면 그때는 어떻게 될지 아무도 장담하지 못하지요. 그리고 그대도 나에게 하지 않은 말이 있는 것 같습니다만."

"하지 않는 말이라니요?"

"아무리 소식이 끊기고 길이 멀다고 해도 명나라로 가지 않고 조선으로 온 이유 말이오."

"그거야……."

처음으로 당황한 주량지가 말을 얼버무리자 성창 대군이

입을 열었다.

"굳이 여기까지 올 필요 없이 요동에서도 얼마든지 배를 구할 수 있었는데 말이오."

잠시 생각하던 주량지가 고개를 절레절레 저었다.

"역시 대군은 머리가 좋으십니다. 사실은 조정으로부터 요동 군왕의 자리를 승인받지 못했습니다."

"그럼 조정에서 가만있지 않았을 텐데 말이오?"

"맞습니다."

고개를 끄덕거린 주량지가 병사들을 바라보며 말했다.

"아버지가 저를 총애하셔서 군왕의 자리를 물려주었지만 배다른 형제들이 받아들이지 못해 오랫동안 분란이 있었습니다. 그걸 겨우 정리했는데 조정에서 제가 허락을 받지 않고 분란을 일으켰다는 이유로 토벌군을 보냈습니다."

"그래서 조선으로 도망친 것이오?"

"처음에는 막북이나 여진 땅으로 가려고 했지요. 그게 안 되면 유귀들이 산다는 동쪽 끝의 섬으로 가려고 했고요. 그런데 갑자기 눈이 내리는 바람에 북쪽으로 가지 못하고 이곳에 온 것입니다."

주량지의 이야기를 들은 성창 대군이 말했다.

"당신이나 나나 신세가 비슷하구려."

"그래서 저는 눈이 오는 세상이 나쁘지 않습니다."

고개를 든 그녀가 회백색의 하늘을 바라보며 덧붙였다.

"살아날 기회를 주었으니까요."

"나 역시 마찬가지요."

성창 대군의 대답을 들은 주량지가 힐끔 바라봤다.

"그나저나 안 추우십니까?"

"나는 추위를 느끼지 않소이다. 그래서 이렇게 다녀도 괜찮소."

"요즘 같은 세상에 참으로 부러운 능력이군요."

성창 대군이 호탕하게 웃어 보이며 주량지의 어깨에 팔을 올렸다.

"당신의 부하들과 내 능력이라면 요즘 같은 세상을 지배할 수 있을 것이오."

어깨에 올린 성창 대군의 손을 슬쩍 밀어내며 주량지가 말했다.

"대군께서 지닌 건 그 능력 하나뿐이지 않습니까?"

"명나라 땅이라면 절대 어깨를 나란히 할 생각을 하지 않았을 것이오. 하지만……."

한 손으로 주변을 쭉 가리킨 성창 대군이 덧붙였다.

"여긴 조선 땅이오. 당신이 아무리 많은 군대를 이끌고 왔다

해도 이방인일 따름이지. 당장 말부터 통하지 않을 거요."

"대군을 앞세우면 그 문제가 해결되겠습니까?"

주량지의 물음에 성창 대군은 자신 있게 고개를 끄덕거렸다.

"충분히."

"반항하는 자들은 죽이고, 복종하는 자들만 살려둘 겁니다. 대군 역시 저의 명을 따르지 않거나 어기면 똑같은 대접을 받게 될 겁니다."

"흠, 물론이오. 지금은 당신과 내가 같은 방향으로 가고 있으니까."

"만약 다른 방향으로 간다면요?"

주량지가 물끄러미 바라보며 묻자 성창 대군은 다시 눈이 쌓이기 시작한 세상을 바라보며 말했다.

"보시오. 여기에 다른 길이 있을 거 같소?"

성창 대군의 대답을 들은 주량지가 고개를 끄덕거리고는 옆에 있는 북을 힘껏 쳤다. 메마른 북소리가 들리자 아까 성창 대군과 처음 만났던 총관 남태유가 말을 몰고 나타났다. 그사이에 거세진 눈이 남태유의 눈썹과 콧수염 위를 하얗게 덮고 있었다. 수레에 따라붙어 고개를 숙인 그에게 주량지가 말했다.

"대군에게 말 한 필과 따뜻한 털가죽을 내리거라. 남쪽의 갑산진이라는 곳으로 갈 것이다."

"그곳의 위치를 아는 자를 찾아보겠습니다."

그의 대답을 들은 성창 대군이 말했다.

"내가 알고 있으니 앞장서겠네."

"감사합니다. 곧 말을 가지고 오겠습니다."

절도 있게 대답한 그는 말을 몰고 뒤따르는 행렬 사이로 사라졌다. 소용돌이처럼 몰아친 눈보라가 수레 뒤를 따르는 대오를 휩쓸고 지나갔다. 싸늘한 바람에 병사들의 어깨가 더 움츠러들고 고개는 더 숙여졌다. 이를 본 주량지가 한 손을 번쩍 들었다. 그러자 병사들이 다시 함성을 질렀다. 하지만 아까보다는 목소리가 작았다. 잠시 후, 남태유가 검정말을 끌고 나타났다. 안장에는 검은색 털가죽이 올려져 있었다.

"저걸 타고 앞장서십시오."

"그러겠소이다."

수레에서 내린 성창 대군이 말에 올라타고서 털가죽을 어깨에 걸쳤다. 그걸 본 주량지가 남태유에게 가까이 오라고 손짓한 다음 말했다.

"오른쪽 대열의 세 번째에 서 있는 자, 보이지?"

슬쩍 돌아본 남태유가 고개를 끄덕거렸다.

"보입니다, 전하."

"아까도 그렇고 이번에도 목소리를 제대로 내지 않았다. 길가로 끌어내서 참하라."

"알겠습니다."

칼같이 대답한 그가 천천히 타고 있는 말의 고삐를 당겨 속도를 늦췄다. 이를 본 성창 대군은 태연히 말을 몰고 수레 앞으로 나갔다. 천막의 앞문이 열리고 부광이가 나오는 게 보였다. 내려오라는 손짓을 한 성창 대군이 어깨에 걸친 털가죽 옷을 내던지며 말했다.

"고삐를 잡아라."

"어디로 가십니까?"

"남쪽의 갑산진으로 간다. 저 앞에 큰 바위를 지나면 오른쪽으로 꺾어라."

성창 대군이 던진 털가죽 옷을 뒤집어쓰고 고삐를 잡은 부광이가 물었다.

"이들은 누굽니까?"

"명나라 요동 군왕과 그 부하들이다."

"젊은 여성이었습니다만."

"내가 알던 요동 군왕의 딸이었어. 책봉사로 갔을 때 본 적이 있었지."

"명나라 사람들이 왜 조선에 들어온 겁니까?"

부광이의 물음에 성창 대군은 힐끔 뒤를 돌아서 수레를 바라봤다. 아랫것들을 다스리고 고분고분하게 만들려면 온정보다는 가혹함이 더 필요하다고 믿었다. 잘해줘 봤자 결국은 기어오르고 배신할 것이라는 게 오랜 믿음이자 경험이었기 때문이다. 하지만 주량지의 잔혹함은 상상 이상이었다. 자신도 수백 명의 부하를 거느리고 혹독하게 처벌한 적이 있었지만 목소리를 크게 내지 않는다는 이유로 목을 베라는 명령은 내린 적이 없었다.

그리고 무엇보다 그를 두렵게 한 것은 명령을 내리던 그녀의 차분함이었다. 전혀 감정이 담기지 않은 듯한 목소리를 옆에서 듣는 순간 오싹함이 밀려왔다. 하지만 곧 생각을 고쳤다. 아무것도 가지고 있지 않은 자신에게 다시 모든 걸 줄 수 있는 사람이 바로 그녀였기 때문이었다. 성창 대군은 고삐를 잡은 채 자신을 돌아보는 부광이에게 차갑게 대꾸했다.

"고삐를 잡았으면 앞을 잘 봐라."

"네."

우물쭈물하던 부광이는 앞을 바라봤다. 사실 성창 대군은 백두산의 따뜻한 곳이 정확히 어디 있는지 몰랐다. 책봉사로 갈 때 호종하던 별감의 말을 들은 것이 전부였다. 사냥감을 쫓다가 찾았다면서 이야기했는데 귀담아듣지 않은 탓에 정확한 위치를 알지 못했다. 다만 금구폭포 근처라고 했으니까 거기에 가면 어떻게든 해결이 될 것이라고 믿었다. 거기까지 생각이 미치자 모든 것을 잃었던 그 순간이 떠올랐다.

'망할 꼬마 녀석이었지.'

고삐를 잡은 부광이 또래의 남자아이는 먼발치에서 본 게 전부였다. 하지만 그 아이 때문에 일어난 눈사태에 수백 명의 부하가 쓸려나갔다. 만약 그에게 추위를 견디는 능력이 없었다면 아마 지금쯤 눈 속에서 얼어붙은 시체가 되었을 것이다. 생각에 잠겨 있던 그때, 부광이의 목소리가 들렸다.

"대군 나리, 바위에 도달했습니다. 오른쪽으로 꺾겠습니다."

오냐, 하고 짧게 대답한 성창 대군은 자기도 모르게 뒤를 돌아봤다. 수레가 이끄는 대열 옆으로 한 무리의 사람들이 보였다. 한 명은 눈 위에 무릎을 꿇고 있었다. 남태유가 뒤에서 그의 목을 칼로 내리쳤다. 몸통에서 떨어져 나간 머리가 눈 위로 힘없이 굴러갔다. 목소리를 크게 내지 않았다는 이유 같지 않은 이유로 명나라 출신의 병사는 차디찬 이국 땅에서 목숨을 잃고 말았다. 목이 베어진 시신을 잠시 바라보던 남태유는 말을 타고 대열에 합류했고, 주변이 있던 병사들도 서둘러 발걸음을 옮겼다. 무심하게 움직이는 발길이 죽은 시신 곁을 말없이 지나쳐 갔다.

하늘을 날다

만포진에서 죽궁까지 챙긴 화길이 일행은 무사히 온혈로 돌아왔다. 심용규는 경비대를 이끌고 도열해 화길이를 맞이했다. 화길이는 심용규에게 챙겨 온 환도를 건넸다. 선물이라는 말에 심용규는 몹시 감격했다. 반면 먼발치서 지켜보던 심계진은 못마땅한 표정을 지었다. 한공청은 지게 가득 쌓인 종이와 죽궁을 보고는 반색했다.

"이 정도면 비차를 만들기에 부족함이 없을 거 같아."

기뻐하는 그에게 화길이가 말했다.

"오다가 새들이 나는 걸 봤습니다. 자세히 살펴보니까 날개를 뒤틀면서 방향을 바꾸더군요."

"비차 날개는 고정해야 하니까 뒤틀 수가 없어. 그렇게 만들었다가는 날개가 부러져 버리고 말 거야."

"날개 말고 꽁지는 어때요? 새의 꽁지처럼 날개 뒤에 작은 날개를 하나 더 달고 그걸 움직이면 방향을 틀 수 있을 거 같아요. 실제로 새가 그렇게 방향을 트는 모습도 봤고요."

화길이의 말을 들은 한공청은 곧장 나뭇가지를 들고 바닥에 그림을 그렸다. 날개를 펼친 커다란 새가 그려졌고 꽁지가 덧붙여졌다.

"이렇게 말이냐?"

"네. 꽁지를 줄로 연결해서 상하좌우로 움직이면 비차를 조종할 수 있을 거 같아요."

"미처 생각하지 못한 부분이구나."

고개를 크게 끄덕거린 한공청이 비차 앞부분에 새의 머리를 그렸다. 그리고 꽁지와 연결된 줄을 그린 다음 마지막으로 새의 아랫부분에 바퀴가 달린 작은 상자 같은 걸 그렸다.

"여기에 사람이 타면 될 거야. 그리고 줄을 잡아당기면서 조종하면 되겠지. 머리로는 바람을 가르고 말이다."

둘이 주거니 받거니 이야기를 나누는 모습을 본 월화와 경혜가 고개를 절레절레 저었다. 그러거나 말거나 두 사람은 바닥에 그림을 그려가면서 새로운 비차를 만들어갔다. 말없이 지켜보던 경혜가 문득 월화에게 물었다.

"오늘이 보름달 뜨는 날이야?"

"아마도. 왜?"

월화의 물음에 경혜는 그냥 웃기만 했다. 그리고 슬쩍 고개를 들어 어둑해지는 하늘을 바라봤다.

그날 밤, 보름달이 온혈에 깃들었다. 심계진이 구석구석 비추는 달빛을 밟으며 어디론가 걸어갔다. 그가 향한 곳은 온혈의 제일 안쪽 웅덩이 근처에 있는 작은 오두막이었다. 입구는 경비대원인 장준원이 지키고 있었다. 고개를 살짝 숙인 그의 옆을 지나쳐서 안으로 들어가자 먼저 와 있던 사대부들이 심계진을 반겼다. 일일이 인사를 나눈 그는 비어 있는 상석으로 향했다.

짚으로 만든 방석에 앉은 심계진은 양쪽에 나란히 앉은 사대부들을 바라봤다. 지방 관아의 관리부터 북방을 지키던 무관들, 그리고 향교의 교수와 훈도들이었다. 그중에서 온성 부사를 역임한 심계진이 가장 품계가 높았으므로 자연스럽게 이들을 이끌게 되었다. 심계진이 앉자 어느 틈인가부터 오른팔 노릇을 하기 시작한 갑산 향교의 교수 이응도가 입을 열었다.

"모두 다 모였습니다, 부사 어른."

"다들 조심해서 잘 왔는가?"

예, 하는 목소리가 사방에서 들려오자 심계진은 가볍게 고개를 끄덕거리면서 헛기침했다. 그리고 참석한 사람들을 천천히 바라보다가 입을 열었다.

"알다시피 세상이 뒤집어졌소. 끝없이 눈이 내리면서 반상의 도리가 사라졌고, 아랫것들은 예의와 염치를 잃은 지 오래되었소이다."

심계진이 수염을 부르르 떨며 격하게 분노하자 참석자들이 일제히 맞장구를 쳤다. 특히 이응도가 앞장서 화를 냈다.

"짐승도 이러지는 않을 겁니다. 여기 온혈 역시 임금이 다스리는 영역 안에 있습니다. 그런데 안하무인으로 구는 모습을 보니 역겹기 그지없습니다."

오두막에 모인 사대부들이 모두 한마디씩 거들자 방 안은 금방 시끄러워졌다. 두 손을 들어 보이며 모두를 진정시킨 심계진이 다시 입을 열었다.

"참으로 통탄할 일들이 벌어지고 있소. 이대로 두고 보는 건 나라의 녹을 먹는 관리의 도리가 아니외다."

"어떤 방법이 있을까요?"

목소리의 주인공은 비교적 조심성이 많은 삼수군 감파보

의 권관이었던 임중세였다. 검은 얼굴에 부리부리한 눈빛을 가진 갑산 향교의 교수 이응도가 무인처럼 보인다면, 가늘고 좁은 얼굴에 축 처진 눈을 가진 임중세는 허약한 유생처럼 보였다. 그런 임중세를 못마땅하게 바라보던 심계진이 말했다.

"방법은 몇 가지가 있지. 일단 제주도로 몽진을 떠난 주상 전하에게 사람을 보내 사정을 아뢴 다음에 토벌군을 보내달라고 하는 것이 한 가지 방법이고, 다른 하나는 나라의 은혜를 잊은 자들에게 본보기를 보이고 우리가 이곳을 정리한 다음 어명을 기다리는 것이지."

"분조를 세우자는 말씀이십니까?"

이응도의 물음에 심계진이 잠시 생각하다가 고개를 끄덕였다.

"그것도 한 가지 방법이지."

이번에도 임중세가 호들갑을 떨면서 끼어들었다.

"하지만 분조는 보통 왕세자가 이끌지 않습니까? 우리가 어찌……."

손을 들어 임중세의 말을 막은 심계진이 얼굴을 찌푸렸다.

"상황이 급하면 먼저 움직이고 나중에 고하는 수도 있네. 일단 우리가 분조를 세울 준비를 하고, 조정에 고하는 것도 방법일세. 아니 그런가?"

심계진의 따가운 시선을 받은 임중세가 그래도 그건 다시 생각해야 한다고 웅얼거리듯 말했다. 옆에서 듣고 있던 이응도가 임중세를 무시하고 말했다.

"분조를 세우는 것을 고하려면 사람을 보내야 하지 않겠습니까? 제 생각에는 임중세 권관이 적당할 거 같습니다만."

"나도 같은 생각일세. 자네는 제주도로 몽진을 간 조정을 찾아가서 여기의 사정을 고하고 왕세자를 모셔 오게."

"제, 제가요?"

놀란 임중세에게 심계진이 쏘아붙였다.

"자네는 방금 왕세자가 없이 분조를 세우는 것에 반대하지 않았나? 우리가 분조를 세울 준비를 하고 기다릴 것이니 자네가 모셔 오면 될 거야. 그러면 공신으로 책봉이 되어서 자손 대대로 영광을 누릴 걸세."

심계진의 말에 임중세는 마른침을 삼켰다. 종구품의 무관에게는 욕심이 날 만한 일이었다. 심계진은 낯빛을 바꿔 부드러운 표정을 지으면서 그의 어깨에 손을 올렸다.

"어려운 일이겠지만 자네밖에 할 사람이 없네. 날이 밝는 대로 남쪽으로 떠나게. 필요한 건 다 챙겨줄 테니까 염려 말고."

"아, 알겠습니다."

"먼 길을 가야 하니 먼저 들어가서 쉬게."

고맙다는 말을 남긴 임중세가 오두막을 나가자 심계진의 표정이 다시 일그러졌다.

"바보 같은 놈!"

심계진의 투덜거림이 끝나기를 기다린 이응도가 슬쩍 말했다.

"일단 분조를 세우고 왕세자를 모셔 오면 되지 않겠습니까?"

"맞아, 그래서 저자를 보낸 것이지. 그러니까 우리 할 일을 하세."

"가장 큰 문제는……."

참석자들을 쓱 살핀 이응도가 덧붙였다.

"아랫것들이 반항하게 되면 어떻게 막느냐입니다."

"저들이 그럴 것 같은가?"

심계진의 물음에 이응도가 고개를 끄덕거렸다.

"여기서 세금과 부역 없이 편안하게 지낸 자들입니다. 결코 예전으로 돌아가기를 원하지는 않을 겁니다."

"골치 아픈 문제로군."

심계진은 턱수염을 만지작거리면서 참석자들을 바라봤다. 대책을 내놓으라는 눈빛이었지만 다들 외면했다. 수백 명으로 늘어난 온혈의 주민 중에서 심계진과 같은 사대부의 숫자는 상대적으로 적었다. 부릴 수 있는 노비들도 거의 없는 상태였다. 따라서 분조를 세운다고 하면 반발이 생길 것은 불 보듯 뻔했다. 잠시 고민하던 이웅도가 조심스럽게 입을 열었다.

"부사 나리의 아드님이 지휘하는 경비대를 동원하는 건 어떻겠습니까?"

"이제 겨우 모아서 진법을 가르치고 가다듬는 중일세. 우리 뜻대로 움직일 수 있는 상태가 아니야."

딱 잘라 말한 심계진에게 이웅도가 다시 말했다.

"그래도 숫자가 적지 않고 무기도 제법 갖추지 않았습니까? 반항하면 어명을 어기는 것이라고 윽박지르고, 반항하는 놈들 한둘의 목을 베기만 하면 끝날 겁니다."

"이제 바로잡아야 할 시간이 되었소."

심계진의 대답을 들은 오두막의 사람들은 서로를 바라보며 고개를 끄덕거렸다. 그 모습을 본 이웅도가 다시 한번 말했다.

"아드님이 큰 도움이 될 겁니다."

이웅도의 이야기를 들은 심계진이 어두운 표정으로 입을 열었다.

"그 문제는 차차 이야기하는 게 좋겠소."

"경비대가 없으면 온혈 사람들을 제압하거나 복종시킬 수 없습니다."

"아들을 설득해야 하는데 아시다시피……."

곤혹스러운 표정을 지은 심계진은 참석자들을 쭉 바라보면서 덧붙였다.

"화길이라는 아이에게 호의를 가지고 있는 상태요."

이웅도를 비롯한 참석자들의 얼굴에 실망감이 드러나는 것을 본 심계진이 말을 이어갔다.

"하지만 내 아들이니 아비의 뜻을 거역하거나 물리지는 못할 것일세."

"반드시 그래야 합니다. 우리가 분조를 세운다는 사실을 안다면 저것들이 가만히 있지 않을 겁니다."

이웅도의 말에 참석자들이 한목소리로 동조했다. 분위기가 이상하게 흘러가자 심계진이 서둘러 말했다.

"다들 진정하게. 우리는 어디까지나 조정의 뜻을 받들고 임금께 충성을 하기 위해서 모였네. 섣부르게 행동하거나 우리끼리 분열되어서 일을 그르치면 어쩌려는 것인가?"

"송구하옵니다. 하지만 날이 갈수록 분조를 세우는 일이 어려워질까 염려해서 그런 것입니다."

이웅도의 대답을 들은 심계진이 한숨을 쉬며 수염을 쓰다

듣었다.

"심정은 이해하네. 일단 내가 아들을 설득할 때까지 기다려주게. 화길이라는 아이가 걸림돌인데, 어차피 그 아이가 곧 한양으로 아비를 찾아 떠날 계획이지 않은가?"

"그렇다고 들었습니다. 비차라고 부르는, 날아다니는 수레를 타고 간다는 황당한 얘기를 해서 참으로 가소롭게 생각하고 있습니다."

이응도의 비웃는 듯한 대답에 심계진이 말했다.

"어쨌든 그 아이가 온혈을 독차지하지 않고 사람들을 받아들인 공이 있네. 그걸 자랑하지도 떠벌리지도 않았고 말이야. 그뿐인가? 모든 일에 앞장서니 싫어하는 사람들이 없지."

"그렇다고 해도 결국은 평민의 자식일 뿐입니다."

"내 얘기는, 조심해야 한다는 말일세. 잘못된 세상을 바로잡는 것은 필요한 일이지만 예전처럼 할 수는 없다는 것도 명백한 사실이야. 그러니까 섣불리 감정을 드러내지 말게."

책망하는 듯한 심계진의 말에 이응도가 말없이 고개를 숙였다. 심계진이 참가자들을 돌아보면서 덧붙였다.

"말이 새어 나가지 않도록 하고, 무기가 될 만한 것들은 조금씩 모아두세. 거느리고 온 아랫것들이 여기 사람들과 말을 섞으면 그들 편이 될 수도 있으니 그것도 유의하게."

다행스럽게도 모두 수긍하는 눈치여서 심계진은 한숨을 돌렸다. 다시 한번 입단속을 시키고서 며칠 후에 다시 만나자는 약속과 함께 모임을 끝냈다. 바깥을 지키고 있던 장준원이 일일이 고개를 숙이며 사대부들에게 인사했다. 그리고 마지막으로 나온 심계진의 앞을 가로막았다.

"대장님께서 내일 오전에 만나시겠다고 합니다."

"집에 없는 건가?"

"경비대 숙소에서 부하들과 함께 있습니다."

"알겠다고 전하게. 보는 눈들이 있으니 행동에 각별히 주의하라고 하고."

"권관 임중세는 어찌합니까?"

"고지식한 성격이라 시키는 대로 제주도로 갈 걸세."

"거기까지 가는 건 불가능합니다."

"물론이지. 영원히 돌아오지 못할 일을 시킨 거야. 온혈 안에서 잘못 처리하면 시끄러워질 수 있으니까."

"그 뜻을 전하겠습니다."

"용규는 요즘 뭘 하고 있느냐?"

"진법을 훈련하고 무기를 확보하고 있습니다. 경비대 숫자도 늘리려고 하고 말입니다."

"알겠네."

옆으로 비켜서라는 심계진의 눈짓에 장준원이 한 걸음 옆으로 움직였다. 조마조마한 심정으로 발걸음을 뗀 심계진은 달빛을 밟으며 천천히 걸어갔다. 온혈 곳곳에는 피난민들이 지은 움막과 오두막이 보였다. 심계신은 그 안에서 잠을 자고 있을 사람들을 떠올리며 지나쳐 갔다. 그러다가 어느 순간, 자신의 앞을 가로막는 그림자와 마주쳤다.

"누구냐!"

"저예요, 경혜."

예상 밖의 목소리가 들리자 심계진은 깜짝 놀랐다.

"야심한 시간인데 왜 잠을 자지 않고 밖에 있는 것이냐?"

"그러는 어르신께서는 왜 달밤에 걷고 계십니까?"

버르장머리가 없다고 호통을 치려던 심계진은 문득 경혜의 할머니가 떠올라 침을 꿀꺽 삼키며 말을 바꿨다.

"알 거 없다."

옆으로 비켜 가려는 그에게 경혜가 다시 말을 걸었다.

"할머니께서 화길이 오빠가 오기 하루 전에 몇 가지 말씀을 해주셨어요."

흥미를 느낀 심계진은 발걸음을 멈췄다.

"무슨 말?"

"화길이 오빠에게 어떤 능력이 있는지, 그리고 그것이 어디에서 왔는지요. 그리고 보름달이 뜨는 밤에…….”

말을 끊고 하늘을 올려다본 경혜는 쏟아지는 달빛을 주시하다가 다시 시선을 내려 그를 바라봤다.

"사람들이 모여서 얘기를 나눌 것이라고 했어요.”

뜨끔해진 심계진은 낮은 목소리로 말했다.

"그게 대체 무슨 얼토당토않은 말이냐?”

"그리고 한마디 더 하셨어요. 달빛 아래 서서 저와 얘기를 나눌 사람에게는 두려운 것이 있을 거라고 말이죠.”

달빛이 만들어낸 자신의 그림자를 힐끔 쳐다본 심계진이 다시 물었다.

"나를 뜻하는 것인가? 그렇다면 내가 무엇을 두려워하는 지도 예언했겠구나.”

"물론이죠. 어르신이 두려워하는 건 바로 아들이라고 했어요.”

"뭐라고?”

심계진의 놀란 목소리가 어둠 속에 울려 퍼졌다.

※

화길이가 한공청을 도와주면서 비차 만들기가 본격적으

로 진행됐다. 비차의 날개와 몸통 크기 때문에 온혈과 바깥을 잇는 통로로 지나가기가 어려워 아예 온혈 밖에서 천막을 치고 만들기로 했다. 커다란 천막을 금구폭포 앞에 치고 작업하는데, 심용규가 경비대를 보내 심부름까지 거들었다.

대나무에 종이를 여러 겹 씌워 날개를 만들고, 대나무를 엮어 사람이 누워서 탈 수 있는 수레를 제작했다. 새의 꽁지를 닮은 꼬리날개도 만들어서 덧붙였고, 무게중심을 맞추기 위해 앞쪽에는 새의 머리를 달았다. 그리고 마지막으로 수레에 누워서도 당길 수 있는 줄을 달았다. 새끼줄은 몇 번만 당겨도 끊어지는 바람에 더 튼튼하고 질긴 소가죽으로 끈을 만들어서 써야만 했다. 차츰 비차가 형태를 갖춰가던 중 뜻밖에도 심계진이 모습을 드러냈다. 바닥에 엎드려 소가죽 끈을 수레와 연결하고 있던 화길이가 놀라서 일어났다. 심계진은 온화한 표정으로 물었다.

"잘되어 가고 있는가?"

"이리저리 애를 쓰는 중입니다."

"아버지를 모셔 오려는 효심이 대단하구나. 부디 비차를 잘 타고 가서 여기로 모셔 오너라."

"감사합니다."

덕담을 건넨 심계진이 아들인 심용규를 힐끔 보고는 자리

를 떴다. 화길이는 다시 엎드려서 수레에 가죽끈을 묶기 시
작했다. 그 모습을 지켜보던 월화가 투덜거렸다.
"종이 한 장 내놓지 않으면서 말만 얹고 가네."
"방해는 하지 않았잖아. 좋게 생각해."
웃으며 말하는 화길이의 모습에 월화가 혀를 찼다.
"그저 좋게 좋게 대하다가 나중에 큰일 나. 저런 놈들은 믿
으면 안 돼. 어떻게든 우리 위에 올라서려고 한단 말이야."
"그때는 그때 일이니까 신경 쓰고 싶지 않아."
"요즘 같은 세상을 살아가기에는 힘든 성격일세."
"잔소리 그만하고 가죽끈이나 좀 더 줄래?"
"알았어."
화길이는 건네받은 가죽끈을 수레의 손잡이에 묶고서 천
천히 당겼다. 가죽끈이 당겨지자 꼬리날개가 한쪽으로 기울
어졌다. 흡족한 표정을 지으며 화길이가 반대쪽에 묶인 끈을
당겼다. 그러자 반대쪽 꼬리날개가 움직였다. 지켜보던 월화
가 걱정스러운 표정으로 물었다.
"그렇게 당기면 비차를 조종할 수 있는 거야?"
"해봐야 알지."
"예전에 관아의 동헌 지붕을 고치던 일꾼이 발을 헛디뎌
떨어진 걸 본 적이 있어. 지붕에서 떨어졌는데도 머리가 터

지고 팔다리가 부러졌다고. 비차를 타면 더 높이 올라가는 건데, 그러다가 떨어지면 큰일 나."

"그래도 걸어가는 것보다 수십 배는 빨리 갈 수 있어. 어차피 걸어간다 해도 위험한 일은 한둘이 아닐 거고 말이야."

화길이가 고집을 부리자 월화는 한숨을 쉬고는 자리를 떴다. 그런 월화의 모습을 물끄러미 바라보다가 화길이는 다시 가죽끈을 묶었다. 시간이 지날수록 온혈에는 많은 일이 생겼다. 생각할수록 머리가 아팠다. 화길이는 그저 이 따뜻한 땅에 아버지와 옛 멸화군 사람들을 데리고 와서 편안하게 살기만을 바랐다. 그런데 상황이 점점 더 복잡해지면서 여러 사람의 의견이 충돌했다. 월화는 사대부들을 믿지 말라고 닦달했지만 당장 움직일 명분이나 이유는 없었다. 무엇보다 심용규가 자신에게 호의적인 이상 굳이 충돌을 일으킬 생각도 들지 않았다.

이래저래 마음이 복잡했던 화길이에게 아버지를 얼른 만날 수 있게 해줄 비차는 삶의 이유이자 탈출구였다. 마지막 가죽끈을 연결하고서 한숨 돌린 화길이는 자리에서 일어나 비차를 손보고 있던 한공청에게 말했다.

"가죽끈은 다 연결했어요."

"그럼 거의 완성된 셈이네."

둘은 약속한 것처럼 한발 물러나 비차를 살펴봤다. 꼬리날개를 조종할 수 있는 가죽끈들이 수레에 어지러이 엉키듯 묶여 있었다.

"이제 아버지한테 갈 수 있겠네요."

팔짱을 낀 한공청이 말했다.

"일단 시험 삼아 띄워봐야겠어."

"제가 타볼게요."

"괜찮겠어? 조금 더 손을 보고……."

화길이는 손을 들어 한공청의 말을 막은 뒤 말했다.

"시간이 없어요. 어서 아버지를 모셔 오고 싶습니다."

뭔가 말하려던 한공청은 화길이의 단호한 표정 앞에 고개를 끄덕거렸다.

"바람이 적당히 부는 것 같으니 한번 띄워보지."

경비대원들이 비차를 밀어줬다. 한공청의 말대로 바람이 한쪽으로 불어서 비차를 띄우기 좋았다. 전날 한공청이 미리 야트막한 언덕에 물을 뿌려 빙판을 만들어놓은 상태였다. 등 뒤에서 불어오는 바람을 맞으며 선 한공청이 비차를 바라봤다.

"진짜 위험할 수 있으니까 조심해."

"어차피 지금 세상이 위험한걸요."

한공청이 하늘을 올려다봤다.

"언젠가 내 손으로 비차를 만들어 띄우는 걸 꿈꿨어. 그런데 이런 상황에서 띄울 거라고는 전혀 예상하지 못했지."

"이런 세상을 예상한 사람은 아무도 없었으니까요. 유월에 처음 눈이 내렸을 때 뭘 하고 계셨습니까? 저는 멸화군인 아버지를 도와서 불을 끄고 있었습니다."

"나는 관아의 길청에서 비차 만들 궁리를 하고 있었지. 그래서 눈이 내린다는 외침도 제대로 듣지 못했어."

멋쩍게 웃는 한공청을 보며 함께 미소를 지은 화길이는 비차 수레에 올라탔다. 여러 가지 자세를 생각해 봤는데, 가장 좋은 건 수레 바닥에 배를 대고 엎드리는 자세였다. 대나무 바닥 위에 털가죽을 깔아놓긴 했지만 너무 딱딱해서 오래 타기엔 불편할 것 같았다. 비차의 양쪽 날개를 한공청과 경비대원들이 붙잡았다. 긴장한 채 앞만을 바라보는 화길이의 귀에 한공청의 목소리가 들렸다.

"자! 내가 하나, 둘, 셋 하면 일제히 미는 거야. 혼자만 힘주지 말고 옆 사람이랑 맞춰서 밀어야 해. 알겠지?"

알겠다는 대답 후, 한공청의 목소리가 다시 들렸다.

"준비됐어?"

"네!"

짧게 대답한 화길이는 수레 앞 가죽끈들이 묶인 손잡이를 힘껏 움켜잡았다. 찬 바람과 서늘한 냉기도 뜨거운 긴장감을 얼어붙게 만들지는 못했다. 하지만 어떻게든 아버지를 모시고 오겠다는 마음으로 버텼다.

잠시 후, 비차가 천천히 빙판을 따라 내려갔다. 한공청의 목소리가 점점 멀어져 갔고, 그에 반비례하여 내리막을 따라 움직이는 비차의 속도가 높아졌다. 화길이는 불안한 눈길로 양쪽 날개를 올려다봤다. 죽궁과 종이로 만든 날개는 바람 때문에 요동을 치면서도 잘 버텼다. 무게중심을 맞추기 위해 비차 맨 앞에 단 새 머리 모양도 떨어져 나가지 않았고, 가죽끈이 연결된 꼬리날개도 삐걱거리는 소리를 냈지만 부서지거나 휘어지지 않았다. 다행이라고 생각하는 순간 비차가 살짝 뜨는 것이 느껴졌다.

"어어!"

당황스러움이 바람처럼 밀려왔지만 침착해지자고 되뇌면서 하늘을 나는 새의 모습을 떠올렸다. 맞바람이 부는 상황에서 새는 아래로 내려가기 위해 날개를 접고 꽁지를 위로 올렸다.

"지금은 위로 올라가야 하니까 꼬리를 아래로 낮춰야 해!"

화길이는 눈도 뜨기 어려울 정도의 강한 바람 속에서 크게 외치며 꼬리날개와 연결된 가죽끈을 당겼다. 꼬리날개가 바닥에 닿을 정도로 기울어지면서 비차는 조금 더 높이 떠올랐다. 바람을 받은 양쪽 날개가 흔들리면서 곧장 부러질 듯 크게 삐걱거렸지만 아주 잘 버티면서 바람을 받았다.

어느새 사람 키보다 높이 뜬 비차는 눈 쌓인 산자락을 넘어 깃털처럼 가볍게 하늘을 날았다. 처음에는 두려움이 바람처럼 스쳐갔지만 이내 하늘 위를 난다는 기쁨과 함께 아버지에게로 금방 갈 수 있겠다는 기대감이 폭풍처럼 몰아쳤다. 화길이는 비차를 스치고 지나는 바람을 읽으려 노력하는 동시에 계속 생각했다.

"위아래로 움직이는 건 확인했고, 좌우로 움직이려면 꼬리날개를 양쪽으로 움직여야겠지?"

화길이는 조심스럽게 꼬리날개와 연결된 가죽끈을 당겼다. 꼬리날개의 오른쪽이 위로 올라가면서 비차는 서서히 왼쪽으로 원을 그리며 날아갔다.

등 뒤에서 불어오던 바람의 방향이 옆으로 바뀌자 비차는 아까보다 더 요동쳤다. 눈을 뜨기 힘들 정도로 강한 바람이 계속해서 불어왔다. 높이 올라가자 추위도 한층 심해졌다. 남들은 결코 버티지 못할 추위였지만 화길이는 바람만 버티면 되었다.

눈을 가늘게 뜬 채 앞을 바라보던 화길이는 어느덧 비차가 땅으로부터 수십 척 높이까지 떠올라 있다는 사실을 깨달았다. 구름을 뚫고 지나가면서 아래를 내려다보니 세상이 아주 자그마하게 보였다. 두려움이 사라지고 높은 곳에 올라왔다는 상쾌함이 깃든 화길이는 이를 드러내며 환하게 웃었다. 그리고 조금 더 과감하게 줄을 당겨 반대쪽으로 비차를 움직이고자 했다. 하지만 때마침 불어온 바람에 서둘러 당긴 줄들이 엉키면서 비차는 순식간에 뒤집히고 말았다.

"으악!"

비차는 빠른 속도로 곤두박질치기 시작했다. 화길이는 필사적으로 줄을 잡아당겨 추락을 막으려고 했다. 하지만 속도가 조금 늦춰졌을 뿐 비차는 눈 위로 떨어졌다. 눈 아래 빙판이 깨지면서 화길이도 차가운 물 속에 내동댕이쳐졌다.

❈

해가 지기 시작하면서 곳곳에 모닥불이 피어났다. 반나절 넘게 얼어붙은 땅과 눈을 헤치고 나무를 모으느라 녹초가 된 병사들은 배급받은 말린 고기를 천천히 씹어 먹었다. 그래도 모닥불을 쬐고 눈을 녹인 따뜻한 물을 마시니 몸이 조금은 풀어지는 듯했다. 부광이 역시 배급받은 고기를 씹는 중이었다. 얼음을 씹는 것 같은 느낌이었지만 시간이 지나 익숙해지자 그나마 먹을 만했다.

성창 대군은 보란 듯이 저고리와 바지만 입은 채 앉아 있었다. 추위를 느끼지 않는다는 능력을 과시하기 위해서였는데, 실제로 병사들은 그 모습을 신기해했다. 몇몇 말을 걸어오는 이들에게 성창 대군은 일일이 대꾸해 주면서 친분을 쌓아갔다. 자신보다 신분이 낮으면 쳐다보지도 않았던 평소 모습과 달랐지만 그 속내를 어렵지 않게 짐작할 수 있었다. 주량지의 부하들과 신뢰를 쌓을 목적임이 분명했다.

그 사실을 알았는지 총관 남태유가 병사들에게 성창 대군과 대화하지 말라고 주의를 줬다. 하지만 성창 대군은 틈만 나면 주량지의 부하들과 어떤 형태로든 접촉하려는 모습을 보였다.

부광이는 씹다 남은 말린 고기를 불가에 갖다 대 녹여 먹었다. 그리고 성창 대군을 힐끔 바라봤다. 모든 것을 잃고 눈이 쌓인 벌판을 헤맬 때는 그저 미친놈 같아 보였지만 목표가 생긴 지금은 달랐다. 마치 사나운 맹수가 굶주림을 참으며 먹이를 응시하는 것처럼 보였다. 말린 고기를 씹어 삼킨 성창 대군이 부광이에게 다시 물었다.

"그래서 정확한 위치는 모른다는 말이냐?"

부광이가 어떻게 한양에서 여기까지 왔는지에 대해 이야기하자 그 내용을 전부 들은 성창 대군은 따뜻한 땅의 위치를 몇 번이고 되물었다. 하지만 부광이 역시 화길이에게서 정확한 위치를 듣지는 못했다고 대답했다. 그 사실이 못내 아쉬웠는지 성창 대군은 같은 질문을 몇 번이나 되풀이했다. 부광이는 이번에도 같은 대답을 해야만 했다.

"대군께서 타이샨과 마주쳤던 금구폭포 근처라는 것밖에는 모릅니다."

"나도 그 정도는 알고 있어. 이제 시간이 없다."

성창 대군이 안내한 갑산진에는 다행히 쌓아둔 목재들이 거의 그대로 남아 있었다. 덕분에 주량지의 믿음을 얻게 되어 한시름 덜었지만 위험은 여전히 도사리고 있었다. 특히 성창 대군이 주량지의 부하들과 가깝게 지내려 하는 시도는 부광이가 보기에도 위험해 보였다. 이번에는 부광이가 몇 번이고 물었던 질문을 다시 던졌다.

"만약 따뜻한 땅을 찾으시면 어찌하실 겁니까?"

"어찌긴, 그곳을 시작으로 새 왕국을 세울 것이다. 반항하는 자는 죽이고, 배신하는 자도 죽이면서 말이야."

얼음처럼 하얀 이를 드러낸 성창 대군의 말에 부광이는 소름이 돋았다.

"따뜻한 땅에 먼저 살고 있는 자들은요? 항복하면 살려주실 겁니까?"

잠깐 생각하던 성창 대군은 고개를 저었다.

"한 놈도 살려두지 않을 거다."

"왜요?"

"그자들에게 나는 도둑과 같은 존재일 테니까."

부광이를 바라보면서 차갑게 웃어 보인 성창 대군이 덧붙였다.

"거기에 원래 있던 사람들에게는 내가 불청객이나 다름없지 않으냐. 뭐든 불편할 것이고, 결국은 불편함을 누군가와 나누려고 들 것이야. 그것이 커지면 반란으로 이어지는 법. 미리 싹을 잘라야 한다."

당당함이 넘치는 성창 대군의 모습에 부광이는 할 말을 잃었다. 어디에 있는지 모를 따뜻한 땅에서 성창 대군이 벌일 잔혹한 살육을 떠올리며 저도 모르게 부르르 몸을 떨었다. 이대로 가다가는 큰일이 벌어질 것이라는 생각이 든 부광이는 추위도 느끼지 못할 정도로 긴장했다. 여기에 주량지가 이끄는 요동군까지 합세한다면 살육의 범위는 더 커질 수밖에 없었다.

말없이 모닥불만 응시하던 부광이의 귀에 눈을 밟는 발걸음 소리가 들렸다. 소리가 난 쪽으로 고개를 돌리자 챙이 넓은 투구에 철편으로 엮은 갑옷을 입은 총관 남태유의 모습이 보였다. 갑옷 위에 털가죽으로 된 외투를 걸치고 있어서 가뜩이나 큰 덩치가 더욱더 크게 느껴졌다. 한 손에 언월도를 쥔 남태유는 성창 대군에게 가볍게 고개를 숙였다. 성창 대군이 그를 올려다보며 물었다.

"무슨 일인가?"

"긴히 드릴 말씀이 있습니다."

"말하게."

옆에 앉은 부광이를 힐끔 내려다본 남태유가 입을 열었다.

"내일 아침에 일찍 길을 떠날 것입니다. 대군께서 말씀하신 따뜻한 땅을 찾아서 말입니다."

"내가 앞장설 것이니 잘 따라오게."

"선발대를 보내서 살펴보고 싶은데 위치를 미리 말해주셨으면 합니다."

남태유의 말에 성창 대군은 쓴웃음을 지었다.

"그 땅을 찾자마자 내 목을 치려고 들겠군."

"우리는 야인이 아닙니다."

"이런 세상에서는 우리 모두 야인이나 다름없지. 예의와 염치는 사라지고, 약속은 헌신짝처럼 버려졌어. 남의 말을 믿기에는 세상이 너무 추워졌다고 생각하지 않나, 총관?"

"말의 앞뒤가 맞지 않습니다. 저의 주군인 요동 군왕을 믿지 못하십니까?"

"정확히 말하게. 요동 군왕으로 책봉을 받은 건 아니지."

성창 대군의 비웃음 섞인 대답을 들은 남태유가 언월도를 세게 움켜쥐었다. 한어를 몰라 어리둥절해하던 부광이도 깜짝 놀랄 정도의 살기가 뿜어져 나왔다. 하지만 성창 대군은 개의치 않았다.

"잊지 말게. 여기는 명나라 땅이 아니라 조선 땅이라는 걸 말이야."

"조선은 명나라에 사대하는 번국입니다."

"책봉을 받고 조공을 하는 건 사실이지만 그뿐이지. 명나라가 조선에 내정 개입을 한 적은 없었고, 그럴 능력도 없어. 그러니까 나에게 큰소리를 칠 자격은 없네. 겁을 먹을 사람에게나 으름장을 놓으라고."

성창 대군의 얘기를 들은 남태유가 낮은 목소리로 말했다. 뜻밖의 조선말이라서 부광이도 알아들을 수 있었다.

"처음 볼 때부터 당신이 마음에 들지 않았소이다."

"조선말을 할 줄 아는군."

"할아버지가 조선 사람이었소. 예전에 누명을 쓰고 감옥에 갇혔다가 탈옥해서 강을 건넜다고 들었지."

"할아버지의 땅에 돌아왔으니 나에게 충성하게. 그리하면 여기서 다시 살 수 있도록 해주지."

남태유는 천천히 고개를 저었다.

"할아버지는 조선을 끔찍하게 싫어하셨소. 조선 사람은 믿지 말라 하셨고, 특히 높은 사람들이 하는 말은 그 어떤 말도 믿지 말라고 하셨지."

"그러면서도 조선말은 잘 배워뒀군. 내가 이 얼어붙은 땅의 주인이 되면 자네 할아버지의 억울함도 풀어주지."

남태유는 성창 대군의 대답을 듣고는 차갑게 웃었다.

"쓸데없는 소리 그만하고 길 안내나 잘하시오. 만에 하나 주군을 속이거나 딴마음을 품는 게 보이면 그때는 당신의 목을 벨 거요."

"요동 군왕이 이 땅을 순조롭게 통치하려면 나의 도움이 반드시 필요할 것이야. 조선 백성들이 말도 안 통하는 가짜 요동 군왕의 명령을 순순히 받들 것 같은가?"

"힘없는 자가 힘 있는 자에게 복종하는 것이 세상의 원칙이오."

얼어붙은 하늘을 올려다본 남태유가 덧붙였다.

"그 원칙은 세상이 이렇게 바뀌어도 변하지 않았소. 그러니까 섣부른 행동 따위 하지 마시오. 내가 주시하고 있으니까 말이오."

"그리하겠네. 대신 내가 요동 군왕과 같은 신분이라는 사실도 잊지 말게. 지금은 길잡이 신세지만 말이야."

"할아버지가 요동으로 와서 했던 일은 사형수의 목을 베는 일이었소."

"망나니였군."

"나름 과거에 합격까지 했던 분이라 참으로 견디기 힘들었지만 그것밖에는 할 일이 없었으니 사형수들의 목을 베었다고 하였소. 그러면서 매일 죽은 자들의 넋을 위로하기 위해 술을 마셨다고 했지. 그래서 나도 사람의 목을 베는 것에 자신이 있다오. 어린 시절에 술 취한 할아버지가 사람의 목을 어찌 베는지 알려주셔서 말이오. 내가 대군의 목에 솜씨를 발휘하지 않기를 바라시오."

차가우면서도 무거운 이야기를 남긴 남태유가 자리를 떴다. 활활 타오르는 모닥불 너머의 어둠으로 사라지는 그를 보며 성창 대군이 쓴웃음을 지었다.

※

움막 안에서 눈을 뜬 화길이는 자신을 물끄러미 내려다보는 경혜에게 물었다.

"이번에는 며칠이야?"

"하루."

"짧았네, 이번에는."

웃는 화길이에게 경혜가 어이없다는 표정을 지었다.

"죽다 살아났는데 웃음이 나와? 물속에서 끄집어냈을 때 엄청 차가웠다고."

"난 얼어 죽지는 않으니까 걱정 마."

"망할 비차 때문에 그런 거잖아. 얼어 죽지는 않는다고 해도 조금만 늦었으면 물에 빠져 죽었을 거라고."

"그래, 물속에 빠진 게 기억나는데 어떻게 밖으로 나온 거야? 누가 날 꺼내준 거야?"

"우리도 몰라. 비차가 떨어지는 걸 보고 달려가긴 했는데 꽤 오래 걸렸거든. 갔더니 얼음이 깨져 있고, 그 옆에 오빠가 쓰러져 있었어. 부서진 비차 조각이랑 같이 말이야."

"내가 스스로 물 밖에 나온 기억은 없는데."

"누가 꺼내준 거 같아. 근처에서 고로쇠 썰매 자국을 발견했거든."

"고로쇠 썰매?"

"응, 한공청 아저씨가 고로쇠 썰매 자국이라고 알려줬어. 앉아서 타는 썰매가 아니라 발에 매는 썰매라던데? 그래서 그런지 그냥 막대기 같은 게 눈을 쭉 쓸고 간 자국만 있었어."

손으로 바닥을 쓰윽 미는 시늉을 해 보이는 경혜의 말에 화길이가 눈을 반짝거렸다.

"그걸 비차 바닥에 달면 바퀴보다 더 잘 움직이겠는데?"

경혜가 고개를 설레설레 저었다. 때마침 한공청이 움막 안으로 들어오기에 경혜는 자연스레 밖으로 나갔다. 한공청이 환하게 웃으며 말했다.

"큰일 나는 줄 알았는데 다행이네. 어떻게 그 차가운 물 속에서 버틴 거야?"

"운이 좋은 거죠. 추위를 잘 견디거든요."

"그나저나 자넬 구한 누군가가 고로쇠 썰매를 타고 있던 거 같던데?"

"경혜한테 들었습니다. 그걸 비차에 바퀴 대신 달아보면 어떨까요? 바퀴는 무겁고 잘 부서지잖아요."

"나도 같은 생각일세. 자네가 누워 있는 동안 비차를 새로 만들었어."

"완성되었습니까?"

"내일이면 볼 수 있을 거야. 그리고……."

조심스레 움막 입구를 살핀 한공청이 손에 쥐고 있던 가죽끈을 보여줬다.

"부서진 비차를 수리하다가 확인한 거야."

한공청이 손에 쥔 가죽끈의 절반이 매끈하게 잘려 있었다. 화길이가 고개를 갸웃거렸다.

"이건?"

"칼로 가죽끈의 절반을 끊어놨어. 비차가 떴을 때 가죽끈을 당기다가 끊어지도록 만든 거지."

"대체 누가 이런 짓을……?"

화길이가 말을 잇지 못하자 한공청이 말했다.

"비차에 접근한 사람들은 꽤 많아. 경비대원들도 그렇고, 온성 부사 심계진이나 그 아들 심용규 모두."

"왜 이런 짓을 한 걸까요?"

"모르지. 확실한 건 네가 하늘을 날았다가 영원히 내려오지 않기를 바란 거 같아. 거의 이뤄졌었지만 말이야."

한공청의 대답을 들은 화길이는 숨을 씁어 삼켰다.

"비차를 다시 만들어주십시오. 아버지에게 가야 합니다."

"안 그래도 다시 만드는 중이야."

"가죽끈을 날개에도 연결해 주십시오. 선회하다가 바람에 부딪히니 날개가 휘어버렸어요."

"그렇게 하겠네. 이번에는 내가 타보도록 하지."

한공청의 말에 화길이가 단숨에 대답했다.

"안 됩니다. 만약 아저씨가 탔다가 문제가 생기면 비차를 만들 사람이 없어지잖아요."

"하지만 사고가 났잖아."

"하다 보면 나아질 겁니다. 믿어주십시오."

화길이의 간청에 잠시 고민하던 한공청이 고개를 끄덕거렸다.

"이번에는 더 튼튼하게 만들어야겠어. 그리고 새로 만들어지는 비차는 월화가 지키고 있네. 누구라도 가까이 다가오면 화살을 쏘겠다고 하면서 말이야."

"든든하네요."

"늦어도 내일 중에는 완성될 거야."

"그때까지 얼른 회복하겠습니다."

한공청이 떠나고, 화길이는 다시 누운 채 생각에 잠겼다. 가죽끈을 자른 게 누구일지 추측해 보려 했지만 머리만 더 아파올 뿐이었다.

한편, 움막 밖에서 한공청의 뒷모습을 지켜보던 경혜는 옆에 서 있던 심계진을 올려다봤다.

"이제 제 말을 믿으시겠어요?"

심계진은 화길이가 누워 있는 움막을 바라보면서 중얼거렸다.

"믿다마다."

한숨을 푹 쉰 심계진이 덧붙였다.

"믿을 수밖에 없기도 하고 말이야."

두 번째 비차는 이틀 후에 완성되었다. 지난번 사고 때문인지 한공청은 비차 주변에 아무도 얼씬거리지 못하게 했고, 월화와 번갈아 가면서 자리를 지켰다. 첫 번째 비차의 추락에 충격을 받은 한공청은 이번 비차는 확실히 더 튼튼하게 만들었다고 큰소리를 쳤다. 가죽끈이 날개까지 연결되도록 보강했고, 수레 바닥에는 무겁고 거추장스러운 바퀴 대신 고로쇠 썰매를 앞뒤로 한 쌍씩 달았다.

지난번 비차보다 더 날렵해지고 가벼워진 느낌이라 화길이는 확신을 가지고서 시험비행에 나섰다. 옷은 최대한 가볍게 입고, 바람을 막아줄 애체를 쓰고 비차에 탔다. 순조롭게 시험비행을 마친 화길이는 고로쇠 썰매를 이용해 산등성이에 내려앉았다. 마지막에 눈 쌓인 곳이 있어서 살짝 부딪히긴 했지만 비차는 멀쩡했다.

한걸음에 달려온 한공청 일행도 발에 고로쇠 썰매를 달고 있었다. 긴 지팡이로 균형을 잡으며 제일 먼저 도착한 월화가 비차에서 내려서 애체를 벗는 화길이에게 다가왔다.

"괜찮아?"

"응. 제대로 날다 착륙했지?"

"그러게. 새처럼 엄청 잘 날았어. 이 정도면 며칠 안에 한양까지 갈 수 있겠는데?"

월화의 말에 마음이 설렌 화길이는 활짝 웃었다. 지켜보던 한공청이 말했다.

"원래 두 사람이 함께 탈 수 있게 만들었어. 온혈로 돌아올 때는 월화를 태우고 와볼래?"

월화는 냉큼 좋다며 비차로 걸어갔다. 둘은 눈에 살짝 파묻힌 비차를 꺼내 비탈길에 올렸다. 바람을 살핀 한공청이 애체를 쓴 화길이에게 외쳤다.

"적당해!"

"알겠습니다."

월화를 따라 옆에 엎드린 화길이가 가죽끈들을 움켜잡았다. 한공청과 다른 일행들이 비차를 서서히 밀자 고로쇠 썰매가 눈 위로 미끄러졌다. 바람이 밀려와 월화가 고개를 숙였다.

"춥고 눈이 아파."

"그래서 나만 몰 수 있어. 높이 안 날 거니까 조금만 참아."

"알겠어. 그래도 하늘을 나는 기분은 끝내주네."

화길이는 천천히 가죽끈을 당기면서 꼬리날개의 각도를 조정했다. 바람이 옆에서 불어와 비차가 조금 기우뚱했지만 이제는 제법 비차에 익숙해진 화길이는 바쁘게 손을 놀려 가죽끈을 움직이면서 균형을 맞췄다. 월화가 가늘게 뜬 눈으로 주변을 보면서 외쳤다.

"하늘을 나는 게 이런 기분이구나!"

정신없이 소리치고 떠드는 월화 곁에서 화길이는 금구폭포를 발견했다. 폭포 앞에 비차를 만들기 위해 세워둔 천막이 보였다. 주변에 사람들도 모여 있었다. 그런데 누군가를 빙 둘러싼 모습이라 화길이는 고개를 갸웃거렸다.

"누구지?"

일단 천천히 비행 속도를 늦췄다. 양쪽 꼬리날개를 아래로 내리자 비차가 천천히 아래로 내려갔다. 신나게 떠들던 월화는 막상 비차가 내려가자 잔뜩 겁을 먹었다.

"어? 괜찮은 거지?"

"그럼."

"너무 빠르잖아!"

월화의 말이 끝나기 무섭게 비차가 바닥에 닿았다. 고로쇠 썰매가 눈 위에 미끄러지면서 사방으로 눈이 튀었다. 속도를 늦출 만한 장치도 달아야겠다고 생각하면서 화길이는 수레 난간을 세게 움켜잡았다. 한참을 미끄러져 나가던 비차가 서서히 멈춰 섰다. 월화가 비차에서 내리면서 말했다.

"난간에 줄이 너무 많이 묶여 있어."

"조종하려면 이 정도는 있어야 해."

"차라리 막대기를 두 개로 나눠서 묶는 건 어때? 오른쪽이랑 왼쪽을 나누면 헷갈리지 않을 것 같은데?"

비차가 착륙할 때 제동하는 방법에만 관심을 두고 있었던 화길이는 월화의 의견에 고개를 끄덕거렸다.

"좋은 생각이네."

비차를 향해 제일 먼저 달려온 것은 심용규였다. 입김이 펄펄 날 정도로 뛰어온 그가 심각한 표정으로 말했다.

"침입자가 나타났네."

그렇지 않아도 착륙 전에 누군가를 둘러싸고 사람들이 모여 선 모습을 봤던 화길이는 애체를 벗으며 물었다.

"여진족이었습니까?"

"아니, 조선 사람인데 자네를 찾아왔어."

"저를요?"

"자네 이름을 알고 있더군."

"누굽니까?"

"자네를 데리고 오면 얘기하겠다고 했어. 지금 비차를 수리하던 천막에 가둬놨네."

"어서 가시죠."

화길이는 심용규를 따라 천막으로 향했다. 천막 안에는 예상 밖의 인물이 있었다.

"너는……!"

경비대가 겨눈 창 끝에 선 부광이가 화길이를 보며 희미하게 웃고 있었다.

"오랜만이야."

뒤따라 들어온 월화 역시 부광이를 보고 길길이 날뛰다 화살을 겨눴다. 이를 본 심용규가 경혜에게 물었다.

"다들 왜 이러는 거야?"

"타이샨이라는 여진족 족장 밑으로 간 배신자예요. 화길이 오빠랑 한양에서 같이 올라왔었다고 하더라고요."

심용규가 고개를 끄덕거리는 와중에 화길이의 외침이 이어졌다.

"무슨 낯짝으로 여기에 온 건데?"

"할 얘기가 있어서 온 거야."

"무슨 얘기? 너랑 할 얘기는 없어."

월화 역시 원수를 갚겠다며 당장이라도 화살을 쏠 태세였다. 조용히 듣고 있던 부광이가 외쳤다.

"성창 대군이 살아 있어!"

흠칫 놀란 화길이가 이내 더 큰 목소리로 외쳤다.

"나도 알아!"

"성창 대군이 지금 엄청난 계획을 꾸미는 중이야."

"무슨 계획?"

"지금 명나라 요동 군왕의 군대를 이끌고 이곳으로 오는 중이야."

"누가?"

"성창 대군이! 설원을 헤매다가 요동 군왕의 군대와 만났어. 그가 요동 군왕에게 따뜻한 곳이 있다는 얘기를 한 거야."

"여기 얘기를?"

화길이의 물음에 부광이가 고개를 끄덕거렸다.

"정확한 위치는 모르지만, 이 근처인 건 알고 있으니까 머지않아 이곳으로 올 거야."

"같이 오는 요동 군왕의 군대는 얼마나 되는데?"

"최소 수백 명이야. 식량이랑 장작이 충분해서 기세가 좋

아. 얼마 안 남았지만 말이야."

"망할!"

화길이는 둥구니신을 신은 발로 눈이 쌓인 바닥을 내리찍으며 크게 화를 냈다. 그런 화길이에게 부광이가 말했다.

"그들이 오면 여기 있는 사람들을 모두 죽이고 이곳을 차지할 거야. 아니, 여기까지 오면 요동 군왕이 성창 대군까지 없애버리고 여기를 집어삼킬지도 몰라."

"산 넘어 산이라더니……."

화길이가 절망에 빠져 중얼거리는 와중에 월화가 화살을 겨눈 채로 물었다.

"네 말이 사실인지 아닌지 어떻게 알아?"

"난 거짓말을 한 적이 없어. 내 말이 믿기지 않으면 직접 확인해 봐. 그들은 남쪽에서 올라오고 있어."

"얼마나 떨어져 있지?"

"갑산진에 머물렀다가 이쪽으로 이동 중인데 늦어도 닷새면 여기 근처까지 올 거야. 난 빠져나와서 밤새 걷고 또 걸어서 일찍 도착한 거고."

화길이와 월화가 아무 반응을 보이지 않자 부광이가 외쳤다.

"내 말이 믿기지 않으면 사람을 보내서 확인해 봐! 만약 거짓말이면 그때 나를 죽여도 좋아."

부광이의 하소연을 들은 화길이는 천천히 화를 누그러뜨렸다. 일단 정확한 사실을 확인하는 것이 우선이었다. 부광이가 한숨을 쉬었다.

"내가 나쁜 놈이긴 하지만 사람들이 이유 없이 죽는 건 원하지 않아. 그들이 오는지 먼저 확인해 봐, 제발."

화길이는 부광이를 물끄러미 바라보다가 월화에게 말했다.

"비차를 다시 타야겠어."

"쟤 말을 믿는 거야?"

"사실인지 아닌지 일단 확인해 봐야지."

"명나라 사람들이 왜 여기로 와? 자기네 땅으로 가지."

"거기도 얼어붙었다면 얘기가 달라지지. 이제 국경은 의미가 없어졌잖아."

월화를 설득한 화길이는 때마침 천막 안으로 들어온 한공청에게 말했다.

"비차를 다시 띄워야겠어요."

"준비하겠네. 그리고 심계진이 잠깐 보자고 하네."

천막 밖에는 언제 와 있었는지 심계진이 서 있는 게 보였다. 솜두루마기를 입은 심계진은 소매에서 나침반을 꺼냈다.

"비차를 타고 갈 때 도움이 되었으면 좋겠구나."

"이 귀한 것을 주시다니, 고맙습니다."

마침 한양까지 날아가려면 방향을 확인해야 하는데 어찌해야 하나 걱정하던 중이라 심계진의 선물이 무척 반가웠다. 잘 다녀오라는 말을 남긴 심계진이 떠나고, 화길이는 비차를 손보는 한공청에게 다가갔다.

"저 친구 얘기로는 요동군과 성창 대군이 이곳으로 온다고 했습니다. 비차를 타고 가서 확인해 보겠습니다."

"얘기는 들었네만 믿을 만한 친구인가? 자네랑 중간에 헤어졌다며?"

"그렇긴 한데 일단 알아보는 게 좋을 거 같아서요. 정말 그들이 쳐들어와 우리가 사는 온혈을 빼앗겠다고 할지도 모르잖아요."

한공청이 고개를 끄덕거렸다.

"알겠네. 착륙을 잘해서 별로 손볼 건 없어."

"그럼 바로 타겠습니다."

애체를 쓴 화길이는 다시 비차에 올랐다. 그리고 심계진이 건넨 나침반을 자기 앞에 놓았다. 나침반 안의 바늘이 흔들리면서 북쪽을 가리켰다.

"부광이가 남쪽이라고 했으니까 반대쪽으로 가야겠네."

바람의 방향을 살피던 한공청의 지시에 따라 경비대원들이 매달려 비차의 방향을 돌렸다. 해가 눈 쌓인 언덕 너머로 사라질 무렵이었다. 구름이 많이 껴서 낮에도 햇살이 많이 비치지 않았고, 해도 한겨울보다 더 빨리 저물었다. 해가 떨어진 이후에는 아무것도 할 수 없어 모든 일은 해가 지기 전에 끝내야 했다.

다시 움직이는 나침반 바늘을 보며 방향을 확인한 화길이는 서서히 움직이기 시작한 비차의 난간을 움켜잡았다. 비차가 뜨고 내릴 때 많이 긴장이 되었지만 여러 번 타면서 차츰 익숙해졌다. 이번에는 바람을 잘 타서 경사로가 아닌 평지에서도 잘 떴다. 줄을 당겨 꼬리날개를 올린 화길이는 급속도로 높아지는 비차의 수평을 잡은 후에 서서히 선회시켰다. 그리고 나침반이 알려준 대로 남쪽으로 날아갔다.

저물어가는 마지막 햇살이 눈 쌓인 벌판 위로 내려앉았다. 날개에 붙은 종이가 파르르 떨렸다. 얼어붙은 구름을 뚫고 지나가면서 화길이는 아래쪽을 내려다봤다. 처음에는 하늘을 나는 데에만 정신이 팔렸지만, 이제는 땅을 내려다보면서 위치를 파악할 여유가 생겼다.

야트막한 산을 몇 개 넘고, 한때는 사람들이 살았을 마을과 관아의 잔해가 있는 곳을 지났다. 활기차고 따뜻했을 땅은 지금 얼음과 눈으로 덮여 있다. 이제 사람들은 오직 살아남는 것에 열중했다. 더는 가족을 챙기지도 않고, 친구와 이

옷을 보살피거나 도와주지 않았다. 한 줌의 식량과 한 모금의 물을 위해 기꺼이 가족을 버리고 친구를 배신하고 심지어 사람도 죽이는 세상이 되었다. 화길이 역시 온혈을 지키기 위해서라고는 하지만 수많은 사람을 눈사태로 묻어버린 경험이 있었다.

 머리가 복잡해져 괴로워진 화길이는 아랫입술을 깨물었다. 화길이의 머리부터 어깨까지 날카로운 바람이 쉴 새 없이 스쳐 지나갔다. 하지만 화길이는 개의치 않고 주변을 살폈다. 눈에 얼어붙은 나무들이 모여 있는 야트막한 언덕을 지나자 꽁꽁 언 강과 그 강을 따라 구불구불하게 난 길이 보였다. 무심코 내려다보던 화길이의 눈이 커졌다.

 "저건……!"

 얼른 줄을 당겨 속도를 늦춘 화길이는 길을 따라 날아갈 수 있도록 비차의 날개를 조절했다. 때마침 구름이 걷히고 잠시 해가 드러나면서 얼어버린 강이 눈부시게 반짝거렸다.

 "사람들이네. 수백 명은 될 거 같아."

 언 강 위를 비춘 햇살이 그들의 창과 투구 위로 반사되어 반짝였다. 부광이의 말이 모두 사실임을 깨달은 화길이는 서둘러 비차의 방향을 틀었다. 삐걱거리는 소리를 내며 비차가 북쪽으로 향했다. 심란해진 화길이의 눈에 하얀 설원을 가로

질러 가는 한 무리의 사람들이 보였다. 부광이가 말한 요동 군왕의 부대인가 싶어 비차를 낮춰 살펴보기로 했다.

"뭔가 이상한데?"

사람들의 걸음걸이가 이상했다. 마치 술에 취한 것처럼 제대로 걷지 못했다. 무엇보다 옷이 너무 얇았다. 두툼한 털가죽이나, 그게 없으면 아무 천 쪼가리라도 뒤집어써서 추위를 막기라도 하는데 그들은 그렇지 않았다.

"뭐지?"

더 살펴보고 싶었지만 시간이 없었고, 그들이 걷는 방향이 북쪽도 아니라서 포기해야만 했다. 때마침 북쪽으로 강한 바람이 불어 화길이는 생각보다 쉽게 온혈이 있는 금구폭포로 돌아갈 수 있었다. 아까보다는 능숙하게 착륙한 화길이는 다가온 월화에게 말했다.

"부광이 말이 맞아. 군인들이 오고 있어."

"맙소사. 성창 대군이 길잡이를 하고 있다면 진짜 여기로 온다는 말이잖아?"

"일단 사람들과 얘기를 나눠봐야겠어."

"누구랑?"

월화의 물음에 화길이는 먼발치에서 경비대와 함께 자신을 바라보는 심용규를 쳐다봤다.

"저 사람이랑 저 사람 아버지랑."

그날 저녁, 심계진과 사대부들이 모인 오두막에 화길이와 월화, 그리고 심용규가 들어섰다. 화길이가 인사하며 자리에 앉자 심계진 옆에 앉은 갑산 향교의 교수 이응도가 물었다.

"무슨 일로 우리를 보자고 하였느냐?"

"부광이라는 제 친구가 말하기를 성창 대군이 명나라 요동 군왕이 이끄는 군대와 함께 여기로 온다 하였습니다. 비차를 타고 가서 확인해 보니 사실이었습니다."

이응도가 심계진을 바라봤다.

"성창 대군이라면 죄를 짓고 유배를 가지 않았습니까?"

"그런 것으로 알고 있네. 얼마 전 갑자기 군대를 이끌고 나타나서 북도 일대를 활보한다는 얘기를 들은 적이 있었지."

"소인도 그 소문은 들었습니다. 그런데 어찌하여 요동 군왕과 함께 다니는 것일까요?"

이응도의 물음에 심계진은 대답 대신 화길이를 바라봤다. 시선을 느낀 화길이가 말했다.

"제 친구 얘기로는 정처 없이 떠돌다가 우연히 마주쳤다고 합니다."

"요동 군왕은 어찌하여 본국으로 가지 않고 조선으로 왔다고 하더냐?"

"요동 군왕 자리를 두고 다툼을 벌여서 조정의 토벌을 피해 강을 건너 이곳으로 왔다고 들었습니다."

"잘못된 만남이군."

심계진의 대꾸에 참석자들이 가볍게 웃었다. 하지만 화길이는 정색하고 말을 이어갔다.

"여러분이 오시기 전, 성창 대군이 이곳 근처까지 와서 타이샨이 이끄는 여진족과 대치한 적이 있습니다. 다행히 눈사태가 나서 그들을 막았지만, 다시 온다면 막을 방도를 찾아야 합니다."

"성창 대군과 요동 군왕이 우리를 공격한단 말이냐?"

"우리라기보다는 온혈을 탐낼 겁니다. 그리고 성창 대군은 성정이 탐욕스럽고 잔인한데, 요동 군왕 역시 만만치 않다고 들었습니다. 두 사람 다 망설이지 않고 온혈의 주민들을 모두 죽이려 들 것입니다."

참석자들이 웅성거리는 가운데 심계진이 말했다.

"내 아들이 온혈의 입구를 틀어막으면 될 거 같군. 굴이 좁고 길어서 수백 명이 온다 한들 어렵지 않게 막아낼 수 있을 테니까 말이야."

심계진의 시선을 받은 심용규가 이미 막을 준비를 하고 있으니 걱정하지 말라고 해 분위기는 오히려 가벼워졌다. 웅성거리는 분위기 속에 화길이가 입을 열었다.

"저는 비차를 타고 한양에 다녀오겠습니다."

"몇 번 타본 것은 알고 있지만 한양은 여기서부터 얼추 천 리에 가까워. 괜찮겠는가?"

"아버지와 멸화군 사람들을 데리고 오기로 약속했습니다. 이제는 더 이상 늦출 수가 없어서 말입니다. 선물해 주신 나침반은 잘 쓰도록 하겠습니다."

"알겠네. 내 허락을 받을 문제는 아니니까 알아서 하게."

심계진의 대답이 끝나자마자 이응도가 나섰다.

"하지만 한양에 갔다가 돌아오는 길에 성창 대군의 군대와 만나서 여기 위치를 발설할 수도 있지 않겠습니까?"

그의 말에 몇몇 사대부들이 맞장구를 치자 월화가 울컥한 표정을 지었다. 이를 본 심용규가 나섰다.

"말씀들이 지나치십니다. 아비를 만나러 먼 곳을 가겠다는 사람에게 응원은 못 해줄망정 얼토당토않은 험담을 하십니까?"

심계진의 아들이 강하게 나서자 이응도가 주저하며 말했다.

"험담이 아니라 걱정이 되어서 그러는 거지."

"금구폭포까지 온다고 해도 여기를 찾기란 쉽지 않습니

다. 설사 찾는다고 해도 통로만 막으면 추위와 굶주림에 못 이겨 제풀에 물러날 것입니다. 그러니 아무 염려 마시고 화길이를 보내주십시오."

"그, 그리하겠네."

이웅도가 힘없이 대답하고는 눈치를 살폈다. 화길이는 심용규에게 고맙다는 말을 남기고 오두막을 나섰다. 심용규도 따라 나가자 이웅도가 기다렸다는 듯 투덜거렸다.

"감히, 우리 앞에서 큰소리를 치다니."

"조용하게. 내 아들 말이 틀린 것도 아니지 않은가?"

심계진의 지적에 이웅도는 잠시 풀이 죽었지만 곧 얼굴을 폈다.

"성창 대군이 근처에 있다는 게 사실이라면 한 가지 문제는 해결되지 않겠습니까?"

"어떤 문제 말인가?"

"분조를 세울 수 있는 명분 말입니다."

"어허, 성창 대군이 이곳을 차지하면 우리를 모두 죽일지도 모른다는 얘기를 아니 들었는가?"

"물론 그러긴 하겠습니다만 분조를 세운다 하고 그를 추대하겠다고 하면 우리까지 해치겠습니까? 요동 군왕과 함께 하든 혼자 이곳을 다스리려 하든 우리의 도움이 필요하다는 것은 자명한 사실입니다."

싸우지 말고 협조하자는 이응도의 말에 참석자 중 상당수가 맞장구를 치자 심계진의 표정도 바뀌었다.

"성창 대군은 성정이 포악하고 난폭해서 종친이면서도 유배를 갔었네."

"지나간 일은 지나간 일이지 않겠습니까? 아닌 말로 성창 대군이 요동 군왕과 함께 이곳에 온다면, 세상 물정 모르는 아랫것들이야 그렇다 쳐도 우리 같은 사대부들은 두 팔 벌려 환영해도 아무 문제 없을 겁니다. 임금 혼자 나라를 다스리지는 못한다는 걸 성창 대군이 모를 리 없을 테니까요. 오히려 좋은 기회가 될 겁니다."

"좋은 기회라니?"

"우리보다 온혈에 먼저 들어왔다는 이유로 뻣뻣하게 굴었던 자들을 그들의 힘을 빌려 처리할 수 있으니까요. 거기다 저 밉살스러운 화길이도 한양에 간다고 자리를 비우니 이거야말로 하늘이 내린 기회가 아니겠습니까?"

이응도의 설명에 사대부들의 표정이 밝아졌다. 자신의 의견이 암묵적인 지지를 받는 것을 확인한 이응도가 계속해서 말했다.

"아드님을 설득해서 경비대만 장악해 주십시오. 그리고

우리 쪽에서 미리 성창 대군에게 사람을 보내면 되지 않겠습니까?"

"사람을 보내서?"

"우리 상황을 설명하고, 온혈로 무혈입성하게 해줄 것이니 우리를 거둬달라고 하면 거절할 이유가 없을 겁니다."

"성창 대군은 둘째 치고 요동 군왕의 의중을 모르는 상태에서 섣불리 우리 위치를 노출할 수는 없네."

"그러다가 저들이 먼저 쳐들어와 온혈이 함락되기라도 한다면 우리는 목이 잘리고 말 겁니다. 이럴 때는 미리미리 손을 써서 최대한 손해를 보지 않는 게 최고 아니겠습니까?"

심계진은 여전히 찬성하지 않은 채 입을 굳게 다물었다. 그러자 이응도가 답답하다는 표정을 지었다.

"이제 시간이 없습니다"

"사람을 보낸다고 한들 누가 가려고 하겠는가? 설사 간다 한들 성창 대군이 우리를 반겨줄지도 모르고 말이야."

심계진의 물음에 이응도가 슬쩍 말했다.

"저에게 좋은 방도가 있습니다."

"무슨 방도?"

이응도가 마른침을 삼키고는 입을 열었다.

"이번에 나타난 부광이라는 아이를 앞세워서 성창 대군

을 찾아가는 겁니다. 그리고 대감께서는 아드님을 설득해 경비대로 온혈을 미리 장악하는 것이지요. 그러면 성창 대군도 섣불리 움직이지 못할 겁니다. 이게 마지막 기회라고 사료되옵니다. 더 이상 모여서 회의를 한다고 해서 이곳이 우리 것이 되지는 않습니다."

이응도가 다소 강경하게 말하자 분위기가 술렁거렸다. 그런 반응들을 살핀 심계진이 마침내 고개를 끄덕거렸다.

오두막을 나온 화길이는 부광이가 갇혀 있는 장소로 향했다. 온혈 한구석에 굵은 통나무를 엮어 감옥처럼 만든 곳에 부광이가 앉아 있었다. 경비대원 장준원이 감옥을 지키고 있었다. 가부좌를 튼 채 눈을 감고 있던 부광이는 화길이가 다가오자 눈을 떴다.

"따뜻한 곳이 진짜 있었네."

"그럼 내가 거짓말한 줄 알았어?"

퉁명스러운 화길이의 대꾸에 부광이가 씁쓸하게 웃었다.

"있다고 믿긴 했었어. 다만 내가 모르는 게 서운했을 뿐이지."

"타이샨과 성창 대군을 물리친 이후에 계속 사람들을 받아들였어. 지금은 다 합쳐서 삼사백 명은 될 거야."

"나도 대략 그 정도라고 봤어. 여긴 넓어서 사람들을 얼마

든지 더 받아들일 수 있을 거 같은데?"

"나도 그러고 싶어."

"아저씨가 좋아하시겠다. 결국 따뜻한 곳을 찾아냈잖아."

"이제 비차를 타고 한양으로 갈 거야."

"아저씨랑 사람들 데리고 오게?"

화길이가 대답 대신 고개를 끄덕거리자 부광이가 작게 한숨을 내쉬었다.

"아직도 첫눈이 내리던 그때를 기억해. 모든 것이 바뀌었지?"

이번에는 화길이가 작게 한숨을 쉬면서 덧붙였다.

"우리 우정은 영원할 줄 알았지."

"믿어줘서 고마워. 그나저나 성창 대군은 어떻게 막을 거야?"

"일단 지켜봐야지. 나는 아버지를 모시고 올 거야."

"계속 같이 다녔다면 나도 같이 갔었을 텐데."

"네 얘기는 잘해줄게."

"고마워."

대화를 마친 화길이는 부광이에게 잘 있으라는 말을 남기고 자리를 떴다. 그리고 먼발치에서 지켜보고 있던 한공청에게로 갔다.

"내일 출발할 거지?"

"예, 오늘은 벌써 해가 넘어가려고 하잖아요. 나침반이 있으니까 새벽에 출발하면 해가 떨어지기 전에는 한양 근처까지 도달할 수 있을 거 같아요."

"자네가 부탁한 건 밤을 새워서라도 고쳐보겠네. 그리고 멸화군 사람들을 데려올 방도도 생각해 봤는가?"

"그건……."

화길이가 제대로 대답하지 못하자 한공청이 소매에서 종이를 하나 꺼냈다.

"이게 뭡니까?"

"고로쇠 썰매를 보면서 생각한 거야. 눈 위로 가는 일종의 배라고 할 수 있지."

"배라고요?"

"사람이 탈 수 있는 수레 바닥에 고로쇠 썰매를 달고 배처럼 돛을 다는 거지. 세상이 추워진 후로는 바람이 많이 불고 있어서 걷지 않고도 움직일 수 있을 거야. 물론 비차보다는 빠르지 않겠지만 말이야."

종이에는 한공청이 말한 눈 위를 가는 배를 만드는 법이 그려져 있었다. 종이를 챙긴 화길이가 말했다.

"고민을 해결해 주셔서 고맙습니다."

"내일 먼 길을 가야 하니까 오늘은 푹 쉬게. 비차는 걱정 말고."

화길이가 떠나고 해가 저물 즈음, 경혜가 부광이에게 먹을 것을 가져다주었다. 부광이는 고맙다고 했지만 경혜는 들은 척도 않고 멀어져 갔다. 나무 접시에 든 상추를 우걱우걱 씹어 먹고 있는데 누군가 그의 앞에 섰다. 덩치 큰 남자는 뒷짐을 지고 부광이를 지켜보다가 입을 열었다.

"나는 갑산 향교의 교수 이웅도라고 한다. 나를 도와주면 너를 풀어주는 것은 물론, 편안하게 먹고살 길을 마련해 주겠다."

"무슨 말씀이신지?"

어리둥절해하는 부광이에게 이웅도가 웃으며 말했다.

"나와 함께 어딘가로 가주면 된다."

"어디로 말입니까?"

"성창 대군이 있는 곳으로."

활짝 웃은 이웅도의 표정에서 어둠을 발견한 부광이는 살짝 얼어붙었다.

다음 날 새벽, 바람은 어둠의 눈치를 보며 낮게 불었다. 떠오르는 해가 구름을 붉게 적시면서 세상의 일부는 피를 흘렸다. 상처 입은 세상을 등진 채 화길이는 월화와 잠시 이야기를 나눴다. 월화가 주먹밥과 말린 생선이 든 보따리를 건넸다.

"죽장도 잘 챙겼어?"

"물론이지."

허리 뒤에 찬 죽장도를 툭 친 화길이가 조심스레 입을 열었다.

"어제 이상한 사람들을 봤어."

"누구? 요동군들 말고?"

"다른 사람들이었어."

"많이 줄긴 했지만 설원을 떠도는 사람들이 아주 없지는 않을 거야. 그런데 뭐가 좀 달랐니?"

"그냥, 뭔가 아주 이상했어."

"뭐가 이상했는데?"

월화의 물음에 화길이는 잠시 생각했다가 그들을 처음 봤을 때의 느낌을 들려줬다.

"생기가 느껴지지 않았어. 마치……."

화길이의 말을 들은 월화가 피식 웃었다.

"설마 죽은 사람이라도 본 거야?"

어이없어하는 월화를 보며 화길이도 따라서 웃었다.

"그럴 리는 없겠지만 어쨌든 으스스했어."

"잘못 봤겠지. 어쨌든 잘 다녀와. 그동안 사대부들을 잘 감시할게."

"그래. 경혜도 잘 챙겨주고."

월화가 건넨 보따리를 챙겨 든 화길이는 비차에 올랐다. 한공청은 장담한 대로 비차를 더 다듬어놨다. 두 개의 막대에 꼬리날개 양쪽과 이어지는 가죽끈을 견고하게 묶어놨고, 양쪽 날개도 바람을 잘 견딜 수 있도록 가죽끈으로 단단하게 묶어놨다. 그리고 수레의 빈 곳에는 종이와 대나무, 고로쇠 썰매 한 짝과 하얀 천들을 실어두었다.

"혹시나 한양에서 비차가 파손되면 이걸로 고쳐. 그리고 천은 도착해서 비차를 가릴 때 써."

"비차를요?"

"한양도 아수라장이라며? 조심해야지."

한공청이 화길이의 팔을 잡았다.

"지난번에 비차의 가죽끈이 끊어진 적이 있었잖아."

"네."

"아무래도 저놈의 소행인 거 같아."

한공청이 가리킨 곳에는 장준원이 서 있었다.

"저 사람이요?"

"그래, 그 후에도 계속 비차 근처를 얼쩡거려서 신경 쓰고 있었는데 어젯밤에 몰래 접근하려다가 들켰어. 손에는 작은 칼을 들고서 말이야."

"지켜주셔서 고맙습니다."

"그런데 말이지……."

한숨을 푹 내쉰 한공청이 속삭이듯 덧붙였다.

"알다시피 장준원이 경비대원이잖아. 경비대장 심용규는 심계진의 아들이고 말이야. 그냥 저놈이 혼자서 멋대로 저지른 짓인지, 아니면 윗선의 지시인지 도통 알 수가 없어."

"심용규는 우리 일을 잘 도와주었잖습니까."

"우리를 안심시키기 위해서, 아니면 나중에 들켰을 때 발뺌하려고 그런 것일 수도 있지 않겠어?"

한공청의 말에 화길이는 잠시 생각에 빠졌다.

"확실하지 않은 추측으로 추궁하면 안 될 거 같아요."

"자네는 너무 착해서 문제야. 아니면 착한 척을 하려고 애쓰거나."

화길이는 잠시 움찔했지만 이내 애체를 썼다. 그리고 대나무로 만든 수레 바닥에 엎드린 채 가죽끈이 연결된 막대기를 당겨 꼬리날개가 제대로 움직이는지 확인했다. 확인을 마친 화길이가 고개를 끄덕거리자 한공청이 외쳤다.

"힘껏들 밀어."

어느새 비차 앞으로 모인 월화와 경혜, 그리고 경비대원들이 비차를 힘껏 밀었다. 바람을 등진 비차가 앞으로 나아가면서 서서히 속도가 붙었다. 둥근 바퀴였다면 견디지 못하고 떨어져 나갔을 테지만 눈 위를 쓸고 지나가는 고로쇠 썰매에는 아무런 문제가 없었다.

비차가 살짝 뜨면서 요동쳤다. 난간에 매달아 둔 나침반이 흔들리면서 모서리에 세워둔 대나무 물통을 살짝 건드렸다. 다행히 지푸라기로 뚜껑을 만들어놔서 넘어져도 물이 새지는 않았다. 세찬 바람을 등진 비차가 고개를 들고 새처럼 날아올랐다.

어느 정도 높이에 도달한 뒤 화길이는 막대기를 당겨 꼬리 날개를 수평으로 맞추었다. 그리고 비차를 남쪽으로 선회시켰다. 나침반 덕분에 쉽게 방향을 찾은 데다가, 그동안 몇 번 조종해 본 덕분에 쉽게 비차를 움직일 수 있었다.

새벽을 뚫고 날아가는 비차는 바람을 타고 안정적으로 비행했다. 새벽하늘을 비행하던 새들이 비차를 보고 놀라 세차게 날갯짓하며 사라졌다. 중간에 바람의 방향이 바뀌기는 했지만, 나침반이 있어 남쪽과 북쪽을 정확히 알고 목적지를 향해 날아갈 수 있었다.

거대한 산들과 어깨를 나란히 하며 남쪽으로 내달렸다. 강한 바람이 치고 들어와도 날개를 가죽끈으로 보강한 덕분에 위험한 일은 벌어지지 않았다. 여유가 생긴 화길이는 아래쪽을 내려다보며 사람의 흔적을 찾기 시작했다. 남쪽은 상황이 좀 더 나을지도 모른다는 작은 희망이 있었지만 아무것도 보이지 않았다. 무너진 집의 잔해 같은 것들이 눈 속에서 살짝 고개를 치켜들고 있을 뿐이었다.

"다 어디로 간 걸까?"

수많은 사람이 얼음 속에 파묻혔고, 굶어 죽었고, 병들어 죽었다. 살아남아 버티는 사람들은 곡식 한 줌을 얻기 위해 살인도 서슴지 않았다. 인간성은 눈과 함께 사라졌고, 오직 계속해서 목숨을 부지하기 위한 발버둥만 남은 셈이었다.

뒤숭숭했지만 화길이는 애써 잡념을 털어버리고서 아버지가 있는 남쪽을 바라봤다. 동쪽에 뜬 태양이 얼어붙은 세상에 붉고 따뜻한 기운을 퍼트렸다. 비차는 순조롭게 남쪽으로 비행했다. 한숨 돌린 화길이는 조종간을 약간 느슨하게 잡고 대나무 물통을 집어 들어 목을 적셨다.

※

죽으로 아침 식사를 한 성창 대군은 남태유로부터 주량지가 찾는다는 말을 전해 들었다. 며칠 전부터 시중을 들던 부광이가 자취를 감추는 바람에 심기가 불편했던 성창 대군은 남태유를 올려다보면서 물었다.

"무슨 일로?"

남태유는 별다른 대답을 하지 않고 따라오라는 눈짓을 보냈다. 무시당한 것 같아 기분이 좋지 않았지만 어쩔 수 없이 성창 대군은 몸을 일으켰다. 그사이에 포섭한 요동군 병사들 몇 명이 먼발치서 지켜보는 게 느껴졌다. 지금은 나서지 못하지만, 조금만 더 설득하고 친해진다면 기꺼이 목숨을 걸고서 협력할 게 분명했다.

요동군은 겉보기에는 군기가 엄정해 보였지만 결국 남의 나라 땅에 왔다는 불안감에 휩싸여 있었다. 식량과 장작이 얼마 남지 않았다는 사실을 모두가 알고 있었다. 날이 갈수록 보급품을 실은 수레는 가벼워졌다.

이런저런 계산을 하며 주량지의 천막이 있는 수레 앞에 도착한 성창 대군은 깜짝 놀라고 말았다. 수레 앞에 그와 가깝게 지낸 병사들의 목이 꽂힌 창이 세워져 있었기 때문이었다. 성창 대군이 남태유를 바라보자 그가 말없이 안으로 들어가라는 손짓을 했다. 혹시나 들어가는 도중에 자기 목이 떨어지는 것은 아닌지 걱정하며, 성창 대군은 수레의 계단을 밟고 안으로 들어갔다. 훈훈한 열기가 도는 천막 안에는 갑옷 차림의 주량지가 탑상에 앉아 있었다. 항상 옆에 있던 시녀가 보이지 않아 주변을 돌아보는 성창 대군을 향해 주량지가 말했다.

"홍비는 이제 없습니다."

"어디 간 거요?"

"장작을 도둑질해서 뒤따라오는 어머니에게 건네는 걸 들켰지요. 지금쯤 대열의 맨 끝에서 어머니와 함께 걷고 있을 겁니다. 아니, 더 이상 걷지 않고 있을 수도 있겠네요. 어머니나 홍비 모두 추위를 잘 견디는 편은 아니라서요."

무덤덤하게 이야기한 주량지가 눈을 들어 성창 대군을 노려봤다.

"밖에 있는 목들은 잘 보셨습니까?"

"군율을 위반한 자들이오?"

짐짓 모른 척하고 되묻자 주량지가 희미하게 웃었다.

"가깝게 지낸 사이라고 하던데 정녕 이유를 모르십니까?"

"나와 가깝게 지냈다는 명목으로 죽이려면 밖에 있는 총관의 목부터 베어야 하지 않겠소?"

성창 대군의 반박에 주량지는 가볍게 혀를 찼다.

"아버지께서는 늘 야인을 믿지 말라고 하셨죠. 그리고 조선 사람들은 더욱이 믿지 말라고 하셨고요. 겉으로는 사대를 한다고 하지만 속내를 전혀 알 수가 없으니 마땅히 경계해야 한다고 말이죠."

"그런데 조선 땅으로 들어오셨군. 미덥지 않은 사람들이 사는 땅으로 말이오."

"이 눈 덮인 땅에 주인은 따로 없습니다. 지배하는 자가 곧 주인이 될 테니까요."

"지배를 하려면 힘이 있어야 하는데 지금 세상에서의 힘은 곧 따뜻함이지요. 요동 군왕께서는 그걸 가지고 계십니까? 아마 닷새쯤은 가지고 계시겠지만 그 이후에는 장담하지 못하는 상황이지요."

성창 대군의 대꾸에 주량지가 허리에 찬 칼을 뽑았다. 잘 벼려진 칼은 무시무시한 빛을 뿜어냈다.

"대군의 목이 친구들 옆에 꽂힐 수도 있습니다."

"그리고 며칠 후엔 당신의 목이 내 옆에 꽂히겠지. 요즘 부쩍 처형하는 병사들의 숫자가 늘어났던데 말이오. 아랫것들은 두려움으로 다스려야 하지만 그건 자신에게 힘이 있을 때만 가능한 일이지요. 식량과 장작이 있는 닷새 동안은 두려워하겠지만 그 이후에는 증오할 거요. 복종했지만 추위와 배고픔을 해결해 주지 못했으니 말이오."

틀린 말은 아니었기에 주량지는 아무 말도 하지 못했다.

"아무리 목을 벤다고 한들 없는 식량과 장작이 하늘에서 떨어지지는 않을 거요. 남은 건 따뜻한 땅을 찾는 일뿐인데,

그건 내 도움 없이는 불가능하다는 사실을 아셔야 합니다."

"사실 그것 때문에 대군의 목이 저들의 옆에 꽂히지 않은 겁니다. 닷새 안에 따뜻한 땅을 찾아주지 못하면 우리를 끌고 설원을 돌아다닌 대가를 톡톡히 치를 겁니다."

"늦어도 나흘 후에는 따뜻한 곳의 코앞까지 안내하겠소. 대신 나와 가까이 지냈다는 이유로 병사들의 목을 베는 일은 중단하시오. 그렇지 않으면 원하는 곳은 꿈속에서나 볼 수 있을 거요."

성창 대군의 날 선 으름장을 들은 주량지는 칼을 바닥에 꽂았다.

"듣자 하니 몸종이 어디론가 도망쳤다고 들었습니다."

"도망친 게 아니라 미리 보낸 거요. 거기에 사는 사람들에게 곧 내가 가니 영접할 준비를 하라고 말이오."

"그들이 과연 대군을 순순히 영접하겠습니까?"

"문제가 생기면 그걸 해결하는 게 요동 군왕의 몫이오. 그들을 평정하고 다스리는 건 내가 할 몫이고."

"다스리는 건 나의 몫입니다, 대군."

"그건 나흘 후에 생각합시다. 어차피 지금 다퉈봤자 결론이 나지 않을 것이니 말이오."

잠시 고민하던 주량지가 고개를 끄덕거렸다.

"나흘 정도 지켜보지요. 만약 거짓이거나 속임수가 있다면 대군은 내 손에 죽는 겁니다. 추위는 느끼지 않겠지만 죽음은 느끼시겠죠?"

주량지의 물음에 성창 대군은 유배지에서 사약을 먹고 빨리 죽기 위해 군불을 땐 방에 누웠던 때를 떠올렸다. 가슴을 짓누르던 죽음이 어디론가 사라지면서 살아날 수 있었지만, 그때 짓눌렸던 무게감은 항상 기억하고 있었다.

"언제나 느끼고 있소. 당신은 여기 따뜻한 천막 안에 있어서 잘 모르겠지만 바깥의 추위는 늘 죽음과 함께 다니고 있으니까 말이오. 약속한 날짜 안에 따뜻한 땅을 찾아드리지. 하지만 그걸 독차지할 생각은 하지 마시구려. 그건 당신과 나의 땅이니까."

다시 한번 영혼을 쥐어짜 으름장을 놓는 성창 대군을 보며 주량지가 한숨을 내쉬었다.

"일단 따뜻한 땅을 찾고 나서 결론을 내리지요."

주량지가 한발 물러났다고 생각한 성창 대군은 속으로 안도하며 돌아섰다. 밖으로 나오자 남태유가 쏟아지는 눈을 맞으며 서 있었다. 성창 대군은 잘린 목들 위로 쌓인 눈을 손으로 털어냈다. 그리고 한참을 지켜봤다. 먼발치서 자신을 보고 있을 요동군 병사들의 인심을 얻기 위한 행동이었다. 속마음은 전혀 그렇지 않았지만 슬픈 표정을 지으며 한동안 말없이 서 있었다. 그러자 그를 물끄러미 바라보던 남태유가 말했다.

"대군 때문에 죽은 겁니다."

"나랑 가깝게 지내는 것이 죽을 만한 죄였다면 차라리 나를 죽이지 그랬나?"

"말장난하지 마시고 자중하십시오."

"자네 칼은 주인을 닮아 인정이 없는 것 같군. 하지만 나는 자네를 용서하겠네."

이에 남태유가 발끈하며 말했다.

"대군이 왜 저를 용서한다고 하십니까?"

"자네가 사람들의 목을 베는 것이 본심이 아니라는 사실을 알고 있으니까."

성창 대군은 단호하게 말하며 돌아섰다. 당장이라도 그가 언월도로 자기 목을 베어버릴까 봐 두려웠지만, 가질 수 없다면 죽는 게 낫다고 생각하면서 태연하게 걸었다. 요동군 병사들이 감탄스러운 눈길로 쳐다보는 게 느껴졌다.

'오늘의 승리자는 바로 나로군.'

승리감을 만끽한 성창 대군은 웃으며 걸어갔다.

아버지

 새벽이 사라지고 아침이 찾아온 이후에도 화길이는 계속 비차를 몰고 남쪽으로 비행했다. 끝도 없이 펼쳐진 세상은 모두 눈에 잠겨 있었다. 어디에서도 사람들의 흔적을 찾아보기 어려웠다. 들짐승도 잘 보이지 않았다. 중간중간 새들을 마주치긴 했지만 예전보다 그 수가 많이 줄었다. 많은 생명을 집어삼킨 눈과 얼음만이 지겹도록 널려 있었다.
 "남쪽으로 내려가면 조금 나을 줄 알았는데……."
 화길이는 이미 비어버린 대나무 물통을 힐끔 쳐다봤다. 한양까지 얼마나 남았는지 가늠할 수 없는 상황이었다. 그러나 상당한 시간을 날아왔기 때문에 화길이는 도착까지 얼마 남지 않았으리라는 희망을 품었다. 지치고 긴장까지 풀어진 차에 갑자기 눈앞에 큰 산이 나타나 화길이는 깜짝 놀랐다.

"어! 뭐야!"

두 개의 막대기를 있는 힘껏 당기자 꼬리날개가 아래로 꺾이면서 비차가 위로 올라갔다. 하지만 때마침 바람이 약해져 있어 비차의 속도는 그닥 빨라지지 않았다. 앞을 가로막은 산이 점점 더 크게 다가오면서 당장이라도 충돌할 것 같았다. 화길이의 속이 타들어 가던 와중, 다행히 맞바람이 불어 둔 덕분에 비차는 아슬아슬하게 산을 넘어갔다. 한숨을 돌린 화길이는 눈 아래 펼쳐진 풍경을 보고 또 한 번 저도 모르게 소리를 쳤다.

"우아!"

산 너머에 보인 것은 거대한 궁궐이었다. 기다란 담장과 거대한 전각들의 흔적이 보였다. 눈에 파묻히고 일부는 불에 타 있었지만 무슨 궁인지 명확하게 알 수 있었다.

"경복궁이다!"

얼음을 보관하는 내빙고에 불이 나서 딱 한 번 경복궁 안에 들어가 본 적이 있었다. 한 번 가봤는데도 그 어마어마한 규모에 놀랐던 기억이 있기에 확신할 수 있었다.

"여기가 경복궁이라면 한양에 도착한 거잖아."

경복궁 앞으로 익숙한 육조거리가 펼쳐졌다. 엄청나게 넓은 길이라 눈이 쌓여 있어도 단박에 알아볼 수 있었다. 육조 거리 끝에는 화재가 자주 발생해서 여러 번 출동했던 운종가가 길게 펼쳐졌다. 다닥다닥 붙은 운종가의 행랑들 역시 상당수가 무너지거나 불탔지만 알아보지 못할 정도는 아니었다. 비차의 속도를 서서히 늦춘 화길이는 아버지가 했던 말들을 떠올리며 주변을 꼼꼼하게 살폈다.

"양화진으로 가신다고 하셨지?"

양화진 역시 몇 번 가보기는 했지만 위에서 내려다보는 건 처음일뿐더러 눈과 얼음까지 쌓여 있어 지형을 알아보기가 더 어려웠다.

"어떡하지?"

이리저리 살펴보던 화길이의 눈에 한양 남쪽의 얼어붙은 경강이 보였다. 아버지를 따라 한양에서 양화진으로 갔을 때의 기억을 떠올린 화길이는 비차를 살짝 오른쪽으로 틀었다. 그리고 잠시 후, 간절히 찾던 곳을 발견했다.

"잠두봉이네."

양화진 근처의 잠두봉을 확인한 화길이는 천천히 비차를 선회시켰다. 바람이 방향이 갑자기 바뀌면서 비차가 요동쳤지만 최대한 조심스럽게 꼬리날개를 움직였다.

"조심해야지. 여기까지 와서 추락하면 안 돼."

다행히 바람을 잘 탄 비차는 빙글빙글 선회하며 양화진 위에 도달했다. 얼어붙은 경강에 붙잡힌 배들의 잔해가 보였다. 강가의 포구를 따라 세워져 있던 마을들까지 보일 정도로 낮게 날던 화길이는 비차를 안전하게 착륙시킬 장소를 찾아 서서히 하강했다.

속으로 하나, 둘, 셋을 외치며 충격에 대비하는데, 쿵 하는 소리와 함께 비차의 수레 바닥에 있던 고로쇠 썰매가 먼저 땅에 닿았다. 생각보다 큰 충격에 놀란 것도 잠시, 화길이는 수레 뒤쪽으로 뻗어 있는 막대기를 위로 올렸다. 그러자 막대기의 반대쪽 끄트머리가 눈에 파묻히면서 비차의 속도가 늦춰졌다. 서서히 느려지던 비차가 완전히 멈춰 서자 화길이는 애체를 벗고 비차 밖으로 나왔다.

"몇 달 만에 한양에 돌아왔네."

오랫동안 비차 수레에 누워 있었던지라 땅에 첫발을 디디자 다리가 절로 휘청거렸다. 화길이는 겨우 근처의 바위에 걸터앉아 기운을 차렸다.

"막상 양화진으로 오긴 했는데…… 이젠 어떻게 찾지?"

경강으로 들어온 배의 짐을 내리는 강대 사람들과 그 식구들, 그리고 뱃사람들과 그들에게 물건을 팔려는 장사꾼들까지 모여 양화진은 항상 시끌벅적했다. 하지만 지금은 고요하기 그지없었다. 초가집들은 거의 다 눈의 무게를 못 이겨 주저앉아 버렸고, 물건들을 쌓아두던 객주들 역시 상당수가 눈에 파묻혔거나 불에 탔다.

화길이는 수레에 실린 하얀 천을 꺼내 비차를 덮었다. 주변에 온통 눈뿐이라 하얀 천에 덮인 비차는 아주 가까이 가야 그 존재를 알아챌 수 있었다. 주변의 얼음 덩어리로 천을 고정한 뒤 화길이는 죽장도를 움켜쥐고서 무너진 집들의 잔해 사이를 조심스럽게 걸어갔다. 화길이가 신고 있는 둥구니 신과 비슷한 신발 자국들을 발견했지만 상당히 오래되어 보였다. 자신감을 잃은 화길이는 객주 앞에 서서 힘없이 주변을 돌아봤다.

"진짜 아무도 없네."

설상가상으로 해는 점점 더 저물어가는 중이었다. 머물 곳도 찾아야 하고 배도 채워야 하는데 할 수 있는 게 아무것도 없었다. 하지만 화길이는 하늘이 무너져도 솟아날 구멍은 있다던 아버지의 말을 떠올렸다.

"어떻게든 방법을 찾아보자. 방법을······."

기운을 내서 다시 주변을 돌아보려는데 거리 끝에 서 있는 한 사람이 보였다. 풀어헤친 머리에 주먹을 불끈 쥔 모습이었는데 아버지와 체구가 비슷했다. 화길이는 혹시나 하는 마음에 크게 외쳤다.

"아버지세요?"

상대방은 대답하지 않았다. 대신 한 손을 들어 머리 위로 빙빙 돌렸는데, 이게 신호였는지 숨어 있던 사람들이 모습을 드러냈다. 심상치 않은 분위기에 화길이가 뒷걸음질을 쳤다. 그 순간 무엇인가가 바람을 가르며 날아와 화길이 앞에 떨어졌다. 창이 얼음 바닥에 튕겨 나간 것이었다. 놀란 화길이를 가리키며 상대방이 소리를 질렀다.

"잡아!"

갑자기 우우, 하는 소리와 함께 여기저기서 나타난 사람들이 화길이를 옥죄어 왔다. 화길이는 비차가 있는 곳으로 도망치려다가 생각을 바꿨다. 비차를 들키기라도 한다면 더 큰 문제가 생길 것 같았다. 무작정 내달리던 화길이는 갑자기 당겨진 새끼줄에 걸려 넘어지고 말았다. 눈 위로 쓰러진 화길이는 황급히 뒤를 돌아봤다가 더 크게 놀랐다. 머리를 풀어 헤친 남자가 커다란 칼을 들고 덤벼드는 것이었다.

"으악!"

다행히 남자가 칼을 내리치기 직전에 어디선가 생선 더미가 날아와 남자의 얼굴을 강타했다. 남자의 괴성보다 더 크게 익숙한 목소리가 들려왔다.

"물러나라! 이놈들아!"

목소리의 주인공은 그리운 아버지였다. 성큼성큼 걸어오며 모습을 드러낸 아버지는 긴 나무 막대기를 손에 쥐고 있었다. 뒤로는 멸화군 아저씨들이 보였다. 그중 몇몇이 상대 패거리를 향해 뭉친 눈을 던졌는데, 속에 돌덩이라도 들어 있는 것인지 맞는 족족 비명을 지르며 쓰러졌다. 아버지와 멸화군의 기세에 눌린 그들은 허겁지겁 도망쳤다. 겨우 몸을 일으킨 화길이에게 아버지가 다가왔다.

"화길아!"

"아버지!"

화길이는 아버지 품에 와락 안겼다. 다른 사람보다 머리 하나는 더 크고, 풍채도 우람했던 아버지는 이제 너무 많이 야위어 있었다. 아버지의 품을 떠난 뒤 지금껏 겪어왔던 온갖 고난과 역경이 떠올랐다. 많은 아픔이 있었지만 아버지를 다시 만나겠다는 결심이 화길이를 버티게 했다. 다행히 아버지의 눈빛은 여전했다. 화길이는 아버지의 품에 안겨서 엉엉 울었다. 아버지는 그런 화길이의 몸을 여기저기 살펴봤다.

"어디 아프거나 다친 곳은?"

"괜찮아요."

"그곳은 찾았느냐?"

아버지의 조심스러운 물음에 화길이는 고개를 끄덕거렸다.

"말씀하신 곳에 있었어요."

화길이의 대답을 들은 아버지의 표정이 밝아졌다.

"다행이구나. 어서 여기를 뜨자. 여긴 묘화 패거리가 차지하고 있는 곳이야."

"묘화라면……?"

"맞아. 상관이 아저씨를 꼬드겼던 그 무당이다. 세력이 좀 줄긴 했지만 여전히 한양 일대에서는 가장 강력해."

화길이는 아버지를 따라가다가 문득 아버지의 한쪽 다리가 여전히 불편하다는 사실을 깨달았다. 가슴이 아파왔다. 그때 다친 상처가 아직 낫지 않았던 것이다. 아버지는 화길이의 시선을 느끼고는 애써 웃었다.

"많이 나아진 거다."

"대장! 놈들이 다시 몰려올 기미가 보입니다."

아버지만큼이나 빼빼 마른 복춘이 아저씨가 조금 전 아버지가 던진 생선 더미를 손에 쥔 채 외쳤다. 아버지가 화길이의 어깨에 손을 올렸다.

"서두르자."

"네, 아버지."

아버지가 화길이를 데리고 간 곳은 양화진에서 조금 떨어진 동굴이었다. 얼음을 사각형으로 잘라 동굴의 입구를 막아 두고 있었다. 나무 위에 가죽을 씌워 만든 문을 열고 안으로 들어가자 약하게 타들어 가는 모닥불이 보였다.

복춘이 아저씨는 챙겨 온 생선 더미를 불에 굽기 시작했다. 안면이 있던 멸화군 아저씨들과 그 가족들이 화길이에게 고생 많았다고, 돌아와 줘서 고맙다는 인사를 건넸다. 한동안 인사를 나눈 뒤, 생선을 나눠 먹다가 화길이와 아버지는 슬쩍 동굴 밖으로 나왔다. 바위에 걸터앉은 아버지가 발을 꽁꽁 감싼 가죽을 벗으며 길게 한숨을 쉬었다.

"최근 묘화 패거리가 이곳까지 밀려오는 바람에 양화진에 있다가 이쪽으로 옮겨 왔단다. 여기에서도 조만간 떠나야 할 것 같아 걱정했었지."

"제가 언제 돌아올지 몰라서요……?"

"그래, 그 사이에 받은 묘화 패거리의 습격과 굶주림, 추위 때문에 일행이 많이 줄었다."

복춘이 아저씨와 함께 모닥불을 둘러싸고 앉아 물고기를 구우며 떠드는 사람 수는 모두 합쳐 열 명 남짓이었다.

"절반 정도 줄었네요?"

"남은 사람들도 힘들어하고 있어. 먹을 게 부족한 데다가 묘화 패거리의 횡포 때문에 말이야."

"이제 저랑 같이 그곳으로 가요. 온혈이라고 부르는데, 수천 명이 살아도 괜찮을 정도로 넓고 따뜻해요."

"그러자꾸나. 그런데 그 먼 곳까지 갈 수나 있을지……."

말끝을 흐리는 아버지에게 화길이는 자신이 이곳으로 온 방법과 온혈의 사정에 대해서 들려줬다. 심각한 표정으로 듣던 아버지가 물었다.

"비차라는 게 정말 하늘을 잘 날았던 것이냐?"

"네, 오늘 새벽에 온혈에서 출발했던 거예요."

대답을 들은 아버지는 하늘을 올려다봤다. 해가 서서히 저물고 있었다.

"하루도 안 되는 동안 백두산에서 여기까지 왔다고?"

"네, 한 사람 더 탈 수 있어요."

"나머지는?"

화길이는 아버지에게 한공청이 그려준 돛이 달린 썰매를 보여줬다.

"고로쇠 썰매를 밑에 달고 배처럼 돛을 달아서 바람을 타면 힘들게 움직이지 않아도 움직일 수 있어요. 물론 비차처럼 단숨에 올 수는 없지만요."

아버지는 종이를 물끄러미 바라보다가 복춘이 아저씨를 불렀다.

"자네, 멸화군 노릇하기 전에 배를 탔다 그랬지?"

"물고기를 잡아서 바로 얼음에 보관하는 빙어선을 탔었죠."

"이걸 좀 보게. 만들 수 있겠어?"

아버지가 복춘이 아저씨에게 화길이가 건넨 종이를 보여주면서 전해 들은 이야기를 간단하게 전달했다. 물고기 비늘이 붙어 있는 손가락을 쪽쪽 빨며 귀를 기울이던 복춘이 아저씨가 말했다.

"어렵지 않겠네요. 배야 양화진에 버려진 거 천지고, 고로쇠 썰매라는 건 나무를 잘라다가 쓰면 되니까요. 문제는 돛에 쓸 천이겠네요."

복춘이 아저씨의 말에 화길이가 곧장 대답했다.

"천은 충분해요!"

"어디에?"

"타고 온 비차를 천으로 덮었어요. 크기가 대충······."

화길이가 팔을 펼치며 천의 크기를 알려주자 복춘이 아저씨가 고개를 끄덕거렸다.

"그 정도면 충분하겠네요. 대장은 다리가 불편하니까 화길이가 타고 온 비차를 같이 타고 가시구려. 우리는 이걸 만들어서 따라갈게요."

"괜찮겠어?"

말끝을 흐리는 아버지에게 복춘이 아저씨가 히죽 웃었다.

"다리도 불편하잖아요. 편하게 가셔서 우리가 살 자리나 마련해 놔요. 눈도 얼음도 없는 따뜻한 곳이 진짜 있었네요."

"내가 있다고 했잖아. 그래서 아들을 보낸 거고."

복춘이 아저씨가 종이를 챙기면서 피식거렸다.

"대장이랑 화길이 덕분에 살길이 열렸네요. 두 사람 보내고 바로 따라갈게요. 언제 출발할 겁니까?"

"내일 아침, 해가 뜰 무렵에."

"일찍 일어나야겠군요. 경계는 우리가 알아서 설 테니까 아들이랑 오붓한 시간 보내세요."

복춘이 아저씨가 자리에서 일어나며 화길이에게 물었다.

"그나저나 부광이는 잘 있는 거야?"

갑작스러운 질문에 할 말을 찾지 못했지만 화길이는 애써 웃으며 잘 있다고 대답했다. 다행히 복춘이 아저씨는 종이를 들여다보느라 눈치채지 못한 거 같았다. 생선이 잘 구워졌다면서 복춘이 아저씨가 두 마리를 가져다줬다. 김이 올라오는 생선을 본 아버지가 말했다.

"오느라고 고생했다. 어서 먹고 쉬자. 오랜만에 아들이랑 같이 자겠구나."

"네, 아버지."

생선을 우물우물 씹던 아버지가 물었다.

"부광이는 어찌 되었니?"

화길이는 주저하다 결국 부광이와 성창 대군, 그리고 여진족 타이샨과 관련된 나머지 이야기를 털어놨다. 입을 굳게 다문 채 듣던 아버지가 물었다.

"성창 대군이라고?"

"네. 지난번에도 온혈을 노렸고, 이번에도 요동 군왕과 손을 잡고서 오고 있다고 했어요."

"부광이가 성창 대군을 따르다가 너에게 와서 그 사실을 알렸고?"

화길이가 고개를 끄덕거리자 아버지가 한숨을 쉬었다.

"상관이도 그렇고, 내가 사람을 제대로 보지 못한 거 같구나."

"아니에요. 눈이 내리고 세상이 얼어붙지 않았다면 다들 살던 대로 살았을 거예요. 이 빌어먹을 세상이……."

울컥해진 화길이는 어둑해지는 하늘을 올려다보며 덧붙였다.

"사람을 미치게 만든 거죠."

화길이가 눈물을 글썽거리자 아버지가 토닥거렸다.

"너에게 너무 많은 짐을 지워주었구나. 하지만 그게 각자의 운명일 테니까 너무 괘념치 말거라."

잠시 고민하던 화길이가 고개를 끄덕거렸다.

다음 날 새벽, 화길이는 아버지와 함께 눈을 떴다. 먼저 일어난 복춘이 아저씨와 멸화군 동료들도 같이 갈 준비를 마친 상태였다. 아직 사라지지 않은 어둠을 쫓아 밖으로 나온 화길이는 아버지와 동료들을 비차가 있는 곳으로 이끌었다. 다행히 밤사이에 눈이 조금 더 내리면서 비차의 흔적은 완벽하게 감춰졌다.

강가에 세워진 비차를 찾은 화길이는 위에 덮은 천을 끌어내렸다. 눈이 우수수 쏟아지면서 비차가 모습을 드러내자 아버지와 멸화군 동료들이 감탄 어린 시선을 보냈다. 그때, 복춘이 아저씨가 뒤쪽을 바라봤다.

"묘화 패거리야!"

멀리서 한 무리가 달려오는 게 보였다. 화길이는 얼른 애체를 쓰고 수레에 올랐다. 털가죽을 뒤집어쓴 아버지도 옆에 따라 엎드렸다. 복춘이 아저씨가 동료들에게 외쳤다.

"어서 밀어!"

다들 날개에 매달려 있는 힘껏 비차를 밀었지만, 얼어붙은 강 위의 비차는 기우뚱거리며 제대로 움직이지 못했다. 복춘이 아저씨가 다급하게 고함을 질렀다.

"서둘러! 이러다 따라잡히겠다."

그 순간, 바람이 불어오면서 비차의 속도가 서서히 높아졌다.

"계속 밀어주세요!"

화길이의 외침에 다들 안간힘을 쓰며 밀었다. 바람이 더해지면서 가까스로 비차가 얼음 위를 날아올랐다. 아버지까지 같이 타서 그런지 비차는 뒤뚱거리며 힘겹게 날아올랐다. 털가죽을 뒤집어쓴 아버지가 놀란 표정을 지었다.

"정말 나는구나."

"꽉 잡으세요, 아버지."

화길이는 꼬리날개와 가죽끈으로 연결된 막대기를 당겨서 최대한 높이 올라가려 했다. 다행히 어느 정도 속도가 붙으면서 안정적으로 비행할 수 있었다. 한숨 돌린 화길이에게 아버지가 말했다.

"저기 아래에 묘화 패거리가 보여."

시선을 아래로 내리자 강을 따라 달리는 복춘이 아저씨 일행과 그 뒤를 쫓는 묘화 패거리가 보였다. 거리가 상당히 줄어들어서 자칫 했다가는 따라잡힐 것 같았다. 고민하던 화길이의 눈에 수레 바닥에 떨어진 고드름 조각들이 보였다.

"아버지! 이걸 묘화 패거리 머리 위로 떨어뜨리세요!"

"오냐."

화길이는 아버지가 고드름을 잘 떨어뜨릴 수 있도록 비차의 속도를 늦췄다. 신중하게 기회를 노리던 아버지가 고드름을 떨어뜨렸다. 하늘에서 떨어진 고드름들은 달리던 묘화 패거리 사이에 떨어졌다. 맞은 사람은 없었지만, 갑자기 하늘에서 뭔가가 떨어지자 놀랐는지 묘화 패거리들이 걸음을 멈추고 주변을 두리번거렸다. 그 틈을 타서 복춘이 아저씨와 일행은 무사히 도망칠 수 있었다. 한숨을 돌린 아버지에게 화길이가 말했다.

"꽉 잡으세요. 한참 가야 하니까요."

"그렇게 하마."

화길이는 동쪽에서 뜨는 해를 오른쪽에 끼고 북쪽으로 비차를 몰았다. 맞바람과 두 사람의 무게 때문에 올 때만큼은 속도가 나지 않았지만 어쨌든 화길이와 아버지는 북쪽을 향해 날아갔다.

※

성창 대군은 요동군을 이끌고 북쪽으로 걸어갔다. 주량지가 준 말을 타고 이동하면 편했겠지만, 극심한 추위를 버티지 못한 말은 어젯밤에 결국 얼어 죽고 말았다. 말이 죽자마자 병사들이 달려들어 가죽을 벗기고 고기를 잘라 갔다. 이제 남은 건 주량지가 타는 수레를 끄는 말들뿐이어서 다른 말을 받지 못했다. 결국 터벅터벅 걸어가는 성창 대군 앞에 털가죽 외투를 둘러쓴 부광이가 나타났다. 성창 대군은 망설임 없이 부광이의 멱살을 잡았다.

"너, 왜 다시 나타난 거야?"

"온혈로 갔었습니다."

"그런데 왜 다시 돌아왔어?"

"거기 사람들이 대군에게 연락하라고 다시 저를 보낸 겁니다."

"항복이라도 하려고? 내가 산 채로 눈 속에 생매장해 버릴 건데?"

성창 대군이 분노에 찬 목소리로 말하자 부광이가 고개를 저었다.

"저한테 항복 얘기를 한 건 새로 들어온 사대부들입니다."

"새로 들어온 사대부?"

"네. 거기도 사람들이 늘어나니 갈등이 생기고 있어요. 특히 사대부들이 평등하게 지내는 온혈의 상황을 불만스러워하고 있습니다."

성창 대군이 코웃음을 쳤다.

"그래서 나의 힘을 빌려 온혈을 장악하려는 속셈이군. 내가 그렇게 만만할 거 같아? 그래서 돌아온 거야? 말도 안 하고 도망친 걸 용서받을 줄 알았어?"

"온혈의 위치를 정확하게 알고 있습니다."

짤막하게 말을 마친 부광이가 눈이 묻은 눈썹을 꿈틀거리며 성창 대군을 바라봤다. 그리고 뒤쪽을 힐끔 바라보면서 덧붙였다.

"식량이랑 장작은 얼마나 남았습니까? 온혈까지는 하루 정도면 도착할 겁니다."

"주둥이를 잘도 나불거리는구나. 네 놈을 죽일 때 주둥이부터 잘라버리마."

"저를 죽이면 온혈 근처까지밖에 못 가실 겁니다."

살려달라고 애원하지 않는 게 마음에 들지 않았지만, 틀린 말은 아니라서 성창 대군은 화를 참고 부광이를 노려봤다.

"앞장서라. 만약 허튼수작을 부리면 너는 그 순간 끝이라는 걸 명심해."

"알겠습니다, 대군."

앞장서서 터덜터덜 걸어가는 부광이의 뒷모습을 바라보며, 성창 대군은 온혈을 발견하자마자 죽여버려야겠다고 마음먹었다. 싸늘한 바람이 불면서 작은 소용돌이가 일었다. 행렬을 스치고 지나간 소용돌이는 멀리 사라져 버렸다.

※

해가 질 무렵, 비차는 눈이 쌓인 백두산 근처까지 도달했다. 가는 중에 한 무리의 사람들이 백두산으로 향하는 모습이 보였다. 저들이 누구냐고 묻는 아버지에게 화길이는 부광이가 들려준 이야기를 전해줬다. 그리고 자신이 추위를 잘 느끼지 못한다는 사실도 털어놨다. 아버지는 의외로 담담하게 받아들였다. 그사이 온혈이 있는 백두산의 금구폭포가 보였다. 빙판으로 변한 폭포 아래에 있는 연못을 본 아버지가 감격스러운 표정을 지었다.

"드디어 왔구나. 네가 해냈어, 화길아."

"아닙니다. 아버지 덕분이에요. 이제부터 내려갈 거니까 꽉 잡으세요."

이륙이나 비행보다 착륙이 몇 배 더 어렵고 위험했다. 특히 금구폭포의 빙판에 자칫 부딪히기라도 하면 첫 비행 때처럼 물속에 빠질 수도 있었다. 신중하게 금구폭포에 내려선 화길이는 수레 아래 붙은 고로쇠 썰매가 빙판에 닿는 순간 막대기를 내려 속도를 줄였다. 얼음 위를 미끄러지던 비차가 서서히 속도를 늦췄다.

비차가 내려앉아 미끄러지는 소리를 듣고 온혈에서 한 무리의 사람들이 달려 나왔다. 화길이는 아버지를 부축해 비차에서 내렸다. 그런데 달려온 사람들을 바라본 화길이는 고개를 갸웃거렸다.

"월화랑 경혜가 아니네?"

가장 먼저 달려온 이는 경비대를 이끄는 심용규였다. 애체를 벗은 화길이가 인사를 했지만 심용규는 뜻밖의 말을 꺼냈다.

"둘 다 포박하라!"

뒤따라온 경비대가 화길이와 아버지를 붙잡고 밧줄로 꽁꽁 묶었다. 놀란 화길이가 소리쳤다.

"이게 무슨 짓이에요?"

심용규는 그런 화길이를 싸늘한 눈으로 바라보다가 돌아섰다. 경비대원들이 두 사람을 끌고 온혈로 들어갔다.

그 안에서 심계진을 비롯한 사대부들이 기세등등한 모습으로 화길이를 기다리고 있었다. 한공청과 경혜, 월화를 비롯한 몇몇은 두 사람처럼 결박당해 있었고, 나머지 주민들은 경비대의 위세에 눌려 저항할 엄두도 내지 못하고 있었다.

심계진은 심용규가 끌고 온 두 사람을 지그시 바라봤다. 화길이가 묶여 있는 동료들을 보며 목소리를 높였다.

"대체 왜 이들을 결박한 겁니까?"

"온혈의 진정한 주인을 모시기 위해서지."

그 말을 들은 주변의 사대부들이 기뻐하는 모습을 보였다. 무슨 의미인지 알아차린 화길이가 더 큰 소리로 외쳤다.

"항복한다고 성창 대군이 당신들을 살려둘 거 같습니까?"

"임금으로 추대한다면 우리를 죽일 이유가 없지. 너희는 모르겠지만."

심계진의 말에 월화가 이를 갈았다.

"아까 낮에 갑자기 경비대가 우리를 공격했어. 싸우려고 했는데 경혜가 인질로 잡히는 바람에 어쩔 수가 없었어."

"미안……. 내가 너무 좋게만 생각했어."

낙담한 화길이는 월화에게 사과하고는 아버지를 돌아봤다.

"기껏 여기까지 모셔 왔는데 험한 꼴을 보여드려서 죄송해요."

"괜찮다. 이게 운명이라면 받아들여야지."

담담하게 대답한 아버지는 심계진을 올려다봤다. 사대부 중 한 사람이 심계진에게 다가가서 말했다.

"이제 저놈까지 잡았으니 몽땅 목을 베어서 화근을 없애

시지요."

"맞아. 화근을 없애야지."

짧게 대꾸한 심계진이 묶여 있는 화길이에게 다가와 한쪽 무릎을 꿇었다. 그리고 허리에 찬 장도를 뽑았다. 최후를 예감한 화길이가 마른침을 삼키는데 심계진이 아들을 불렀다.

"용규야!"

"예, 아버지!"

심계진이 손가락을 들어 한곳에 서 있는 사대부들을 가리켰다.

"나라의 역적인 저들을 몽땅 포박하라."

"명령을 받들겠습니다."

순식간에 상황이 바뀌었다. 경비대원들이 사대부들을 창과 칼로 위협해서 꼼짝 못 하게 한 다음 한 명씩 결박하고 무기를 빼앗았다. 사대부 중 한 사람이 외쳤다.

"대감! 이게 무슨 짓이오!"

장도로 화길이의 결박을 풀어준 심계진이 돌아서서 대꾸했다.

"무슨 짓이라니, 왕실의 대군을 핍박한 자들을 처벌하는 중이다."

다들 놀란 와중에 심계진이 화길이에게 큰절을 했다.

"대군을 뵙습니다. 소인은 온성 부사 심계진이라 하옵니다."

"이게, 무슨……."

놀란 화길이는 주변을 돌아봤다. 놀라지 않은 건 두 사람, 경혜와 아버지뿐이었다. 사대부들을 모두 포박한 심용규가 다른 사람들을 풀어주자 월화가 경혜를 바라봤다.

"너, 뭔가 알고 있지?"

"물론이지. 할머니가 돌아가시기 전에 몇 가지 예언을 하셨어."

"예언?"

"내일 누군가가 찾아올 건데 그 사람이 나를 따뜻한 곳으로 이끌어줄 거라고 말이야. 그리고 그 사람은 특별한 능력을 지닌 왕족이라는 것도 알려줬어."

"왕족? 화길이가?"

놀란 표정의 월화보다 화길이가 더 경악했다.

"내가?"

아버지는 무덤덤하게 말했다.

"너에게 말하지 않은 사실들이 있다."

"아버지……."

"반정이 일어났을 때 궁중의 별감으로 있던 나는 불이 난 전각에 갇혀서 죽을 뻔했던 궁녀를 구했었다. 바로 네 어머니였는데 폐주의 승은을 입고 잉태를 한 상황이었지. 그 궁녀의 몸에서 태어난 것이 바로 너였다."

화길이가 충격에 빠져 아무 말도 못 하는 와중에 아버지의 말이 이어졌다.

"반정이 일어난 상황이라 너의 신분을 밝히면 죽을 게 뻔해서 그냥 내 자식이라 말하고 길렀다. 그동안 속여서 미안하구나."

사대부 중 한 사람이 소리쳤다.

"저 아이가 왕족이라는 증거가 있소? 그대가 공을 독차지하려고 거짓말을 하는 게 아니란 증거가 있느냐는 말이오. 고작 무당의 얘기만 듣고 어찌 저 천한 것을 왕족이라고 믿으란 말이오!"

사대부의 외침에 아버지가 품에서 작은 주머니를 꺼내더니 안에서 금으로 된 귀걸이※를 하나 보여주었다.

"이 아이를 낳은 궁녀가 승은을 입을 적에 왕에게서 받은 금귀걸이입니다. 나리라면 이 귀걸이가 왕실의 것임을 알 수 있을 겁니다."

귀걸이를 건네받은 심계진이 잠깐 들여다보다가 웃으며

※ 조선 시대에는 임진왜란 이전까지 남자들도 귀걸이를 착용했다

돌려줬다.

"따로 설명할 필요는 없네. 반정 당시, 사가에 폐주의 아이를 잉태한 궁녀가 있다는 말을 듣고 조사를 하러 갔다가 자네를 만난 적이 있었으니까."

"저를 말입니까?"

아버지는 놀라 눈을 깜빡거렸다.

"기억이 납니다. 그때 오신 선전관이 나리셨습니까?"

"오랜 세월이 지났군. 자네는 아니라고 극구 부인하고, 평화롭게 사는 것 같아 돌아가서 헛소문이라 고했지."

"아, 아버지……."

화길이가 얼떨떨해하며 아버지를 바라보자 아버지는 따뜻한 눈빛을 보냈다.

"그동안 제 아들로 잘 커주셔서 감사합니다. 추위를 느끼지 않는 능력이 있다고 하셨는데, 그것도 왕실 사람들의 특징 중 하나입니다. 전부는 아니지만 왕실의 적통들에게는 그런 능력이 종종 나오곤 합니다."

세 사람의 대화를 듣던 월화가 경혜의 머리를 쥐어박았다.

"너는 다 알고 있으면서 왜 나한테 얘기하지 않은 거야?"

"할머니가 비밀을 지키라고 했으니까. 언니는 입이 가볍잖아."

"뭐라고?"

둘이 티격태격하는 사이 화길이를 일으켜 세운 심계진이 온혈의 주민들, 그리고 포박당한 사대부들을 향해 외쳤다.

"이분은 비록 폐주의 핏줄이기는 하나 이 나라 조선을 이끄는 왕실의 대군이다. 이분을 모시고 분조를 열어 백성들을 구제하고 외적의 침략을 막을 것이다. 다들 충성을 맹세하라!"

그러고는 가장 먼저 아들 심용규와 함께 무릎을 꿇었다. 지켜보던 온혈의 주민들도 모두 무릎을 꿇었고, 눈치를 보던 월화는 경혜의 채근에 함께 무릎을 꿇었다. 몸을 일으킨 심계진이 포박당해 있던 사대부들을 바라봤다.

"성창 대군에게 이곳을 내주려고 한 반역자들은 당장 추방하라."

심용규가 사대부들을 끌고 나갔다. 사대부들이 추운 밖으로 나가면 어떻게 살아남느냐고 아우성쳤지만 들은 척도 하지 않았다. 사대부들이 온혈 밖으로 끌려 나가는 것을 본 심계진이 화길이에게 말했다.

"전하, 이제 내부의 화근을 제거했으니 성창 대군과 요동 군왕을 막아야 합니다."

"방법이 있겠습니까?"

"이응도가 풀어준 부광이가 이곳의 위치를 알려주었을 겁니다. 그러니 입구를 막고 버티면서 시간을 끄는 수밖에는 없습니다. 경비대가 있긴 하지만 숫자가 적고 무장이 부족하니 정면 승부는 어려울 테지요."

"사람들이 많이 죽고 다치겠군요."

"지금으로서는 다른 방도가 없습니다. 제 아들에게 맡겨 주시면 기필코 이곳을 사수하겠습니다."

"알겠습니다. 아까 비차를 타고 오면서 보았는데 내일 오전에는 이곳에 당도할 듯합니다."

잠자코 있던 한공청이 끼어들었다.

"밖에 있는 비차는 서둘러 태워버리든지 아니면 분해해서 이 안으로 가지고 들어와야 할 거 같습니다."

"저랑 함께 가시죠."

아버지가 밖으로 나서려는 화길이의 팔을 잡았다. 그리고 양쪽 귀에 귀걸이를 끼워줬다.

"이제 이걸 달고 다니십시오."

아버지에게 고개를 숙여 인사한 화길이는 서둘러 밖으로 나갔다. 해가 떨어져 비차는 어둠 속에서 그를 기다리고 있었다. 횃불을 들고 나온 한공청이 비차의 날개에 불을 붙이는 사이, 화길이는 월화, 경혜와 함께 수레 부분을 뜯어냈다. 죽궁을 펼쳐서 만든 것이라 활로 다시 만들 수도 있었고, 활이 아니더라도 다른 곳에 요긴하게 쓸 수도 있었다. 불타는 비차를 보며 씁쓸해하는 화길이에게 한공청이 말했다.

"다시 만들면 되니까 너무 마음 쓰지 마십시오."

화길이 일행들이 수레와 그 아래에 설치한 고로쇠 썰매를 챙겨 오는 사이, 경비대를 이끄는 심용규가 동굴의 입구를 돌과 나무로 막을 준비를 했다.

다음 날 아침. 화길이는 아버지, 그리고 심계진과 함께 온혈 밖으로 나갔다. 마지막으로 적과 대면하기 위해서였다. 온혈로 이어지는 동굴에는 경비대가 대기하고 있었다. 얼어붙은 하늘에 해가 뜰 무렵, 바닥을 울리는 소리와 함께 요동군이 나타났다. 생각보다 어마어마한 규모에 심계진이 마른침을 삼켰다. 금구폭포까지 도달한 요동군이 멈춰 서는 모습을 바위 뒤에 숨어 지켜보던 아버지가 속삭였다.

"왜 멈춘 거지?"

낯익은 금구폭포에 도달한 성창 대군이 부광이를 바라봤다. 말없이 걷던 부광이는 갑자기 방향을 바꿔 뒤쪽으로 달려갔다.

"뭐 하는 짓이야!"

부광이가 달려오자 수레 앞에서 걸어오던 남태유가 언월도를 치켜들어 행렬을 멈췄다.

"총관 어르신! 살려주십시오. 성창 대군이 저를 죽이려고 합니다!"

부광이의 말에 남태유가 조선말로 물었다.

"무슨 이유로 너를 죽이려고 한다는 말이냐?"

"온혈이라는 곳은 없습니다. 거짓말로 요동군을 유인해서 사지로 몰아넣을 생각이었던 겁니다. 저한테 자꾸 거짓말을 하라고 해서 어쩔 수 없이 따랐습니다. 제발 살려주십시오."

차가운 세상을 깨트리는 것 같은 부광이의 외침에 남태유가 움찔하는 사이, 뒤에서 다가온 성창 대군이 부광이의 등을 칼로 찌르며 소리쳤다.

"너, 무슨 소리를 하는 거야?"

하지만 부광이는 비명을 지르는 대신 계속 외쳤다.

"이걸 보십시오. 거짓말을 감추기 위해서 저를 찌르지 않습니까. 제발 살려주십시오."

입에서 피를 토하며 애원하던 부광이가 눈 위에 쓰러졌다. 그리고 자신을 찌른 성창 대군을 올려다봤다.

"당신은 온혈을 차지할 자격이 없어."

"내가 자격이 없다니!"

"그곳도 피로 물들일 거잖아. 당신을 만나러 나와 함께 온 이웅도라는 자도 내가 오다가 죽였어."

"뭐라고? 네 이놈!"

길길이 화를 내던 성창 대군이 눈을 밟는 발걸음 소리에 뒤를 돌아봤다. 성큼성큼 다가오는 남태유를 향해 성창 대군은 손을 흔들며 외쳤다.

"이놈이 거짓말을 한 거야! 따뜻한 땅은……!"

"처음부터 믿지 않았어."

싸늘하게 대답한 남태유는 언월도를 휘둘렀다. 싸늘한 허공을 가르며 언월도가 성창 대군의 손가락을 잘랐다. 눈 위로 우두둑 떨어지는 손가락들을 보면서 성창 대군이 나머지 말을 내뱉었다.

"저기에 있어!"

하지만 남태유는 다시 한번 언월도를 휘둘러 성창 대군의 목을 벴다. 툭 잘린 목은 뿜어져 나오는 피와 함께 허공에 떠올랐다가 바닥에 떨어져 눈밭 위를 굴러갔다. 남태유는 언월도를 바닥에 내리쳐 피를 털어내고서 수레를 향해 돌아섰다.

잠시 후, 수레가 방향을 틀면서 요동군은 다시 왔던 길로 사라졌다. 숨어서 지켜보던 화길이는 부광이가 성창 대군의 칼에 찔려서 쓰러지는 광경을 보고 뛰쳐나가려 했지만 아버지와 심계진이 필사적으로 뜯어말렸다. 결국 화길이는 요동

군이 모두 떠난 다음에야 부광이에게 다가갈 수 있었다.

"부광아!"

쓰러져 있던 부광이는 화길이의 목소리가 들리자 힘겹게 눈을 떴다.

"내 마지막 선물이…… 마음에 들어?"

"괜찮아? 정신 좀 차려봐!"

"널 떠나서 미안……. 내가 가는 길이 맞았다고 생각했는데 아니었나 봐. 그래도 마지막에는 제대로 길을 찾은 거 같아서 다행이네……."

부광이는 옆에서 모습을 드러낸 화길이 아버지를 향해 시선을 돌렸다.

"오랜만이네요……. 중간에 헤어지긴 했지만, 화길이랑 같은 길을 걸어왔어요."

"그래, 장하다. 부광아."

화길이 아버지의 칭찬을 들은 부광이는 편안한 표정으로 눈을 감았다. 화길이가 구슬프게 이름을 불렀지만 다시는 눈을 뜨지 못했다. 지켜보던 심계진이 곁으로 다가왔다.

"그만 슬퍼하시고 온혈로 돌아가시지요. 백성들이 기다리고 있습니다. 시신은 제가 수습하겠습니다."

심계진의 말을 듣고도 한동안 부광이의 이름을 부르며 슬

품에 빠져 있던 화길이는 천천히 자리에서 일어났다.

"잘 가, 부광아……."

친구와 작별 인사를 한 화길이는 발걸음을 돌려 온혈로 향했다.

작가의 말

 오백 년을 이어온 조선왕조는 외세에 의해 무너졌지만 그 전에도 여러 위기가 있었습니다. 임진왜란과 병자호란 같은 전쟁뿐만 아니라 경신대기근 같은 심각한 자연재해도 있었지요. 수단과 방법을 가리지 않고 살아남겠다는 절박함이 인간답게 살고자 하는 품위보다 강했다면 조선은 더 일찍 사라지고 수많은 사람의 운명 또한 함께 무너졌을 것입니다. 하지만 붕괴와 파멸은 일어나지 않았습니다. 최소한의 품위를 지키고자 한 사람들의 의지가 두려움을 이겨낸 것이지요. 이런 식의 위기가 또 한 번 찾아왔을 때, 우리는 과연 이겨낼 수 있을까요?

『빙하 조선』 속 때 이른 추위와 그로 인한 파멸적인 변화는 현재 지구가 겪고 있는 기후 위기를 상징합니다. 우리가 저지른 잘못으로 지구가 망가지고, 그 여파는 고스란히 우리에게 미치고 있습니다. 이러한 위기가 지속된다면 과학적 대응만으로는 최악의 결과를 막아내기에 부족할 것입니다. 결국 국가가 붕괴하면 야만의 사회가 시작될 테고, 가장 약한 사람들부터 희생되고 말겠지요. 한때 지구를 지배했던 공룡도 결국 멸종되었지만 그것은 어찌할 수 없는 환경적 요인 때문이었고, 우리 인간들은 스스로 멸종의 길을 향해 걷는 특이하고 파멸적인 행보를 보이고 있는 셈입니다.

저는 이 이야기를 통해 선택의 결과에 대하여 말하고 싶었습니다. 우리는 인생을 살면서 여러 번 선택의 갈림길에 서게 됩니다. 그리고 그 결과에 따라 책임이라는 짐을 짊어지게 되고요. 보통의 시대와 달리 『빙하 조선』의 세계관처럼 붕괴한 세상이라면, 한 번의 선택이 치명적인 결과로 이어질 것입니다. 사람들은 최대한 자신에게 유리한 선택을 내릴 것이고, 그 과정에서 타인의 손해와 피해를 무시하거나 강요할 수도 있습니다. 그런 일이 이어진다면 아마도 인간성은 생존이라는 명분 속에서 사라져 버리게 될 것입니다.

인간은 인간답게 행동하기 때문에 인간으로서 존재합니다. 『빙하 조선』에는 많은 사람이 등장하고, 각자의 선택에 따라 운명이 결정됩니다. 어쩌면 지금 우리의 이야기일 수 있습니다. 문학은 읽는 사람으로 하여금 많은 생각과 고민을 하게 만들어야 한다고 믿습니다. 그래서 『빙하 조선』을 읽는 여러분에게 질문드리고 싶습니다.

"우리는 과연 극한상황에서 인간으로서의 삶을 어떻게 유지할 수 있을까요?"

2025년 겨울
정명섭

빙하 조선 2

초판 1쇄 인쇄 2025년 11월 28일
초판 1쇄 발행 2025년 12월 8일

지은이 정명섭
펴낸이 김선식

부사장 김은영
콘텐츠사업본부장 임보윤
책임편집 이슬 책임마케터 이고은
콘텐츠사업10팀장 강혜진 콘텐츠사업10팀 이슬, 정지혜, 이나영, 김유리
마케팅1팀 이고은, 지석배, 김은지, 최민경, 이현주
홍보1팀 김민정, 홍수경, 변승주
브랜드사업본부장 정명찬
브랜드홍보팀 오수미, 서가을, 박장미, 박주현
영상홍보팀 이수인, 염아라, 이지연, 노경은
저작권팀 성민경, 이슬, 윤제희 편집관리팀 조세현, 김호주, 백설희
재무관리팀 하미선, 임혜정, 이슬기, 김주영, 오지수
인사총무팀 강미숙, 이정환, 김혜진, 황종원
제작관리팀 이소현, 김소영, 김진경, 이지우, 황인우, 유미애
물류관리팀 김형기, 김선진, 주정훈, 양문현, 채원석, 박재연, 이준희
외부스태프 디자인 어나더페이퍼 일러스트 금수

펴낸곳 다산북스 출판등록 2005년 12월 23일 제313-2005-00277호
주소 경기도 파주시 회동길 490
전화 02-704-1724 팩스 02-703-2219 이메일 dasanbooks@dasanbooks.com
홈페이지 www.dasan.group 블로그 blog.naver.com/dasan_books
종이 신승INC 인쇄 민언프린텍 후가공 제이오엘앤피 제본 다온바인텍

ISBN 979-11-306-7712-5 (43810)

· 책값은 뒤표지에 있습니다.
· 파본은 구입하신 서점에서 교환해 드립니다.
· 이 책은 저작권법에 의하여 보호를 받는 저작물이므로 무단 전재와 복제를 금합니다.

다산북스(DASANBOOKS)는 독자 여러분의 책에 관한 아이디어와 원고 투고를 기쁜 마음으로 기다리고 있습니다.
책 출간을 원하는 아이디어가 있으신 분은 다산북스 홈페이지 '투고 원고' 항목에 출간 기획서와 원고 샘플 등을
보내주세요. 머뭇거리지 말고 문을 두드리세요.